셰익스피어의 기억

EL LIBRO DE ARENA,
LA MEMORIA DE SHAKESPEARE
by
Jorge Luis Borges

Copyright ⓒ Maria Kodama 1989

Korean Translation Copyright ⓒ 1997 Minumsa Publishing Co., Ltd.

This Korean translation edition is published by arrangement
with MARIA KODAMA, executrice of the estate of Jorge Luis Borges
c/o Aitken, Stone & Wylie Ltd., London
through Eric Yang Agency, Seoul.

이 책의 한국어판 저작권은 Eric Yang Agency를 통해
Maria Kodama c/o Aitken, Stone & Wylie와
독점 계약으로 (주)**민음사**가 가지고 있습니다.

저작권법에 의해 한국 내에서 보호를 받는 저작물이므로
무단 전재와 무단 복제를 금합니다.

셰익스피어의 기억

호르헤 루이스 보르헤스 지음
황병하 옮김

민음사

차례

1부
모래의 책

타자 —— 9
울리카 —— 22
의회 —— 30
더 많은 것들이 있다 —— 57
〈30〉교파 —— 68
은혜의 밤 —— 73
거울과 가면 —— 82
운드르 —— 89
지친 자의 유토피아 —— 98
매수 —— 109
아벨리노 아레돈도 —— 119
원반 —— 128
모래의 책 —— 132

후기 · 140

2부
셰익스피어의 기억

1983년 8월 25일 —— 147
파란 호랑이들 —— 156
빠라셀소의 장미 —— 173
셰익스피어의 기억 —— 180

작품 해설 · 195
작가 연보 · 207
작품 연보 · 209

I부

모래의 책

타자

　그 사건은 1969년 2월로 거슬러 올라가 내가 케임브리지에 있을 때 일어났다. 그 당시 나는 그 사건을 기록해 보려는 생각을 가지고 있지 않았다. 왜냐하면 분별력을 잃지 않기 위해 그 사건에 대해 잊어버리는 게 나의 첫번째 목적이었기 때문이다. 이제 1972년이 되었고, 혹 내가 그것에 대해 쓴다 해도 사람들이 그것을 하나의 소설 작품으로 읽을 것이고, 또한 세월이 지났기 때문에 나에게도 역시 그렇게 느껴질 것이라 생각한다.
　나는 그 사건이 지속되는 동안 내가 공포에 사로잡혀 있었다는 것을 안다. 심지어 나는 이어지는 여러 날 동안 잠을 이룰 수가 없었다. 그렇다 해도 그것 때문에 이 이야기가 꼭 제삼자의 마음을 움직일 수 있으리라는 뜻은 아니다.
　아침 열시였을 것이다. 나는 찰스 강이 바라다보이는 한 벤치에 앉아 있었다. 내 오른쪽으로 몇백 미터 떨어진 곳에는 지금은 이름이 기억나지 않는 높은 건물이 하나 서 있었다. 칙칙한 강물에는 얼음덩어리들이 둥둥 떠다니고 있었다. 필연적으로 강은 나로 하여금 시간에 대해 생각하게 만들고 있었다. 헤라클레이토스의 천년 주기[1]에 대해. 나는 잠을 아주 잘 잤었다. 따라서 나는 학생들이 수업에 흥미를 가지도록 만들 수 있었을 것이었다. 그러나 단 한 명의 학생도 수업에 나타나질 않았다.

나는 갑자기 전에 내가 그 순간을 살았던 것 같은 느낌(정신분석학자들에 의하면 탈진의 상태와 일치하는)을 받았다. 내가 앉아 있던 벤치의 다른쪽 끝에는 누군가가 자리를 잡고 앉아 있었다. 나는 혼자 있고 싶었다. 그러나 무례하다고 느낄까봐 즉시 몸을 일으키고 싶지는 않았다. 그 사람은 휘파람을 불기 시작했다. 바로 그 순간 그날 아침에 일어난 수많은 기괴한 일 중 첫번째 것이 모습을 드러냈던 것이다. 그가 휘파람으로 불거나, 휘파람으로 불고자 했던(왜냐하면 나는 음악에 귀를 기울이고 있지 않았기 때문에) 엘리아스 레굴레스[2]의 오래된 밀롱가 민요[3]「폐허」였다. 그 멜로디는 나를 이미 무너져버린 지 오래인 한 정원과 오래전에 죽은 내 사촌 알바로 멜리안 라피누르에 대한 기억으로 데려갔다. 그런 다음 가사가 들려왔다. 그것은 노래의 도입부였다. 그 목소리는 알바로의 목소리가 아니었다. 그러나 그것은 알바로의 목소리와 아주 닮아 있었다. 나는 떨면서 그 목소리를 상기해 냈다.

나는 그 사람 쪽으로 몸을 돌리면서 물었다.

---

1) 기원전 5세기경의 그리스 철학자로 천년 주기란 천년을 단위로 세계가 순환된다는 것을 의미한다.
2) 엘리아스 레굴레스는 아르헨티나 엔뜨레 리오스 출신의 작곡가이다.
3) 아르헨티나 전통 춤곡의 일종.

「선생, 선생은 우루과이, 아르헨티나 중 어느 쪽이십니까?」
「아르헨티나입니다. 하지만 열네 살 때부터 제네바에서 살고 있지요」
그의 대답이었다.
잠깐 동안의 침묵이 흘러갔다. 내가 그에게 물었다.
「혹 러시아 정교 교회 앞에 있는 말라뉴 가 17번지가 아닌가요?」
그가 그렇다고 대답했다.
「그렇다면──나는 마음을 가다듬고 말했다──당신은 호르헤 루이스 보르헤스로군요. 나 또한 호르헤 루이스 보르헤스구요. 우리는 1969년, 케임브리지 시에 있구요」
「아니오」
그가 약간 아득하게 느껴지는 내 목소리를 가지고 대답했다.
약간의 시간이 흐른 후 그가 말을 이어갔다.
「저는 여기 제네바에, 벤치에, 로달노 거리에서 얼마 떨어지지 않은 곳에 있어요. 기이한 것은 우리가 서로 닮았다는 거군요. 당신은 머리가 희끗희끗하니 훨씬 나이가 많이 들었지만요」
내가 그에게 대답했다.
「내 말이 거짓말이 아니라는 것을 증명해 보이지. 내가 낯선 사람이면 전혀 알지 못할 그런 것들에 대해 말해 보겠네. 집의 찬장에는 우리의 증조부가 페루에서 가져온 뱀 모양의 다리가 달린 마떼 찻잔이 있지. 자네 방의 옷장에는 두 무더기의 책이 있고. 그것들은 금속활자로 인쇄되어 있고, 각 장마다 작은 글씨의 주석이 삽입되어 있는 래인의 『천일야화』 3권, 끼체라의 라틴어 사전, 타키투스의 『게르마니아』와 고든이 번역한 그것의 영어 번역

본, 가르니에르 출판사에서 발행한 『돈키호테』, 저자가 직접 사인을 한 리베라 인다르떼의 『족보』, 칼라일의 『다시 바느질하는 양복장이』, 에미엘의 전기, 다른 책들 뒤에 숨겨져 있는 표지가 종이로 된 발칸 반도 지역의 성 관습에 대한 책이지. 나는 또한 두부르그 광장의 아래층에서 보았던 어느 날 저녁을 결코 잊지 못하고 있지」

「두푸르지요」

그가 정정했다.

「그래, 두푸르. 그것으로 충분치 않나?」

「아니오──그가 말했다──그것들로는 어떤 것도 증명되지 않아요. 만일 내가 당신을 꿈꾸고 있다면 내가 알고 있는 것에 대해 당신이 알고 있다는 것은 아주 자연스러운 일 아닐까요. 따라서 비록 상세하기는 하지만 아까의 그 목록은 전혀 소용이 없는 거예요」

그의 반박은 옳았다. 내가 그에게 말했다.

「만일 이 아침과 이 만남이 꿈이라면 우리 둘은 서로가 꿈꾸고 있는 바로 그 대상이라고 생각해야 할 거야. 아마 우리는 이미 꿈을 꾸기를 멈췄는지도, 아직 그렇게 하지 않았는지도 모르지. 어찌됐든 우리의 명백한 의무는 마치 우리가 세계와 태어난 것과 눈으로 보는 것과 숨을 쉬는 것을 받아들이는 것처럼 꿈 또한 받아들여야 한다는 사실이야」

「만일 꿈이 계속된다면요?」

그가 불안스럽게 물었다.

나는 그를 진정시키고, 나 자신을 진정시키기 위해 조금도 동요를 느끼지 않는 척했다. 내가 그에게 말했다.

「나의 꿈은 이미 70년이나 지속됐지. 어찌됐든 깨어 있는 상태에서 자기 자신과 맞부딪혀 보지 않은 사람은 아무도 없지. 그게 바로 우리에게 일어나고 있는 현상이지. 단지 우리가 둘이라는 사실을 제외하고는 말이야. 자네를 기다리고 있는 미래이기도 한 나의 과거에 대해 알고 싶지 않나?」

그가 말없이 고개를 끄덕였다. 나는 약간 어지럼증을 느끼면서 말을 이어갔다.

「어머니는 지금 부에노스 아이레스의 차르까스와 마이뿌가 만나는 곳에 있는 집에서 건강하게 잘 살고 계시지. 아버지는 30여 년 전에 돌아가셨다네. 심장병으로 돌아가셨지. 반신불수로 끝이 나셨어. 오른손 위에 얹혀 있던 왼손은 마치 거인의 손 위에 놓여 있는 아이의 손 같았지. 아버지는 돌아가시고 싶어 안달이 나신 채로 돌아가셨지. 그렇지만 불평 같은 것은 하지 않으셨어. 우리들의 할머니 또한 같은 집에서 돌아가셨지. 돌아가시기 며칠 전 우리 모두를 불러놓고 이렇게 말씀하셨지. 〈나는 천천히 죽어가고 있는 아주 늙은 노파야. 누구도 모두가 겪는 이 자연스러운 사건에 대해 실망할 필요가 없는 게야.〉 자네의 여동생 노라는 결혼을 해서 자식이 둘이지. 아무튼 집에 있는 사람들은 모두 어떤가?」

「모두 좋아요. 아버지는 여전히 반종교적인 농담에 열중이시구요. 어젯밤에는 예수가 마치 가우초(목동)들 같다고 하시잖아요. 왜냐하면 가우초들은 강요당하는 것을 싫어하고, 예수 또한 우화의 형식을 빌려 설교를 했기 때문이라나요」

그가 잠시 머뭇거리더니 덧붙였다.

「당신은 어때요?」

「나로서는 앞으로 자네가 몇 권의 책을 쓰게 될지 확정을 내릴 수는 없네. 다만 아주 많으리라는 것은 알고 있지. 자네는 다른 사람은 느낄 수 없는 기쁨을 자네에게 줄 시와 환상적인 성격을 가진 소설을 쓰게 될 거야. 자네 부친이나 우리 가문의 다른 많은 사람들처럼 자네 또한 가르치는 직업을 가지게 될 거고」

나는 그가 그 책들이 성공했는지 실패했는지 묻지 않아 다행이다 싶었다. 나는 목소리를 바꾸어 얘기를 계속했다.

「역사에 대해 언급하자면…… 1차 세계대전과 비슷한 또 다른 전쟁이 거의 비슷한 국가들 사이에 일어났지. 프랑스는 얼마 동안 정복당한 상태에 있었지. 영국과 미국이 히틀러라고 하는 독일의 독재자에 대항해 싸웠고. 워털루 전쟁[4]의 재판이라고나 할까. 1946년 부에노스 아이레스에서는 우리의 친척과 아주 닮은 또 다른 로사스[5]가 등장했지.[6] 1955년 마치 로사스 시대에 엔뜨레 리오스가 그랬듯 꼬르도바 지역이 우리를 구해 주었지.[7] 지금 세계의 상황은 좋지 않아. 러시아가 세계를 집어삼켜가고 있는 반면 미국은 민주주의라는 명분 때문에 제국이 되기를 주저하고 있어. 하루하루 우리나라는 점점 더 낙후되어 가고 있지. 점점 더 낙후되어 가면서도 점점 더 헛된 자만심만 늘어가고 있고. 아마 라틴어를 가르치는 대신 과라니어[8]를 가르치게 된다 해도 내게는 조금도 놀라운 일이 되지 않을 정도야」

---

4) 1815년 나폴레옹이 패배했던 벨기에 중부 지역의 이름.
5) 아르헨티나의 독재자(1793-1877).
6) 또 다른 로사스란 페론을 가리킨다.
7) 페론이 1955년 9월 16일 꼬르도바 지역에서 일어난 혁명으로 인해 권좌에서 물러났음을 가리킨다.
8) 남아메리카 파라과이 강 동쪽에 사는 원주민 및 그 언어.

나는 그가 거의 내 말에 귀기울이고 있지 않다는 것을 깨달았다. 불가능한 것에 대한 본질적 공포와, 그럼에도 불구하고 그것이 눈앞에서 펼쳐지고 있다는 사실이 그를 경악시키고 있는 것 같았다. 비록 나는 자식을 가진 아버지였던 적이 없었지만 내 살과 피로 만들어진 자식보다 더 친밀하게 느껴지는 그 가련한 청년에게 물밀듯 밀려오는 사랑을 느꼈다. 나는 그가 책을 한 권 움켜쥐고 있는 것을 발견했다. 나는 그에게 그게 무슨 책인지 물었다.

「『사로잡힌 자들』, 아니 내 생각에 표도르 도스토예프스키의 『악령들』일 거예요」

그가 약간 기운을 차린 음성으로 말했다.

「내 기억 속에서는 완전히 사라져버린걸. 어떤 소설이지?」

그 말을 해놓고서 나는 금세 그 질문이 하나의 신성모독이라는 것을 느꼈다.

「그 러시아의 대가는——그가 입을 열었다——슬라브 민족 정신의 미로를 가장 깊게 파고 들어갔던 사람이에요」

이러한 웅변적 언사는 그가 완전히 기운을 되찾은 것 같다는 느낌이 들도록 만들었다.

나는 그에게 그 대가의 책들 중 다른 어떤 책들을 읽었는지 물었다.

그가 『이중인격』을 포함한 두어 가지 이름을 들었다.

나는 그에게 그것들을 읽으면서 마치 조셉 콘래드의 경우처럼 작중인물들 간 구분이 확실히 되는지, 그리고 도스토예프스키의 작품에 관한 본격적인 연구를 할 생각인지 물었다.

「사실은 그렇지가 않아요」 그가 약간 놀라워하는 표정으로 말했다.

　나는 그에게 무엇을 쓰고 있는지 물었고, 그는 〈빨간 노래〉라는 제목의 시집을 준비중이라고 대답했다. 그는 그 시집의 제목을 〈빨간 리듬〉이라고 정할까도 생각했었다고 말했다.
　「그래서는 안 되나?──내가 물었다──그와 비슷한 좋은 예들이 있잖나. 루벤 다리오9)의 『파란 시』와 베를렌의 『회색 노래』같은 것들 말이야」
　그는 내 말에 귀를 기울이지도 않은 채 자신의 책은 인류의 형제애에 대해 노래하게 되리라고 단언했다. 우리 시대의 시인은 자신의 시대에 등을 돌려서는 안 된다고.
　나는 생각에 잠겼고, 그에게 진실로 모든 사람에게 형제 같은 느낌이 드는지 물었다. 예를 들어, 모든 장의사들, 모든 우체부들, 모든 심해의 잠수부들, 거리의 짝수 번지에 사는 모든 사람들, 모든 실성증 환자들 등등에 형제애를 느끼냐고 물었다. 그가 자신의 책에서 형제란 억압받고 소외당한 수많은 민중들을 가리킨다고 말했다.
　「자네의 억압받고 소외당한 민중들이란──그에게 말했다──단지 하나의 추상에 불과해. 만일 누군가가 존재한다고 말할 수 있다면 그 경우는 오직 개인들만이 존재할 따름이지. 〈어제의 인간은 오늘의 인간이 아니다〉고 어떤 그리스인이 선언했지. 제네바 또는 케임브리지의 한 벤치에 앉아 있는 우리 두 사람이 바로 그 증거지」

---

　9) Ruben Dario(1867-1916) : 니카라과 출신으로 라틴아메리카 모더니즘의 대표적 시인. 대표작으로 『푸름』, 『불경한 산문』, 『삶과 기다림에 관한 노래』 등이 있다.

엄중한 역사의 책장 속에서 그러하는 것을 제외하고 기념비적인 사건들은 그 어떤 수식어도 필요로 하지 않는다. 죽기 직전에 있는 사람은 어린 시절의 희미한 기억을 떠올려보려고 애를 쓴다. 전투에 들어가기 직전의 병사들은 진흙 또는 자신들의 분대장에 대해 얘기한다. 우리가 처했던 상황은 유일무이한 것이었고, 솔직히 말해 우리는 그것이 일어나기 전에 그것에 대한 어떠한 준비도 되어 있지 않았다. 우리는 마치 그것이 운명이나 되는 듯 문학에 대해 얘기했다. 나는 내가 그때 늘상 신문기자들에게 말하는 것 정도밖에 말하지 않았나 하는 두려움이 들곤 한다. 나의 또 다른 자아는 자신이 새로운 은유를 창조하거나 발견했다고 믿고 있었다. 반면에 나는 흔하면서 명백한 친근감을 가지고 있고, 우리들의 상상력이 이미 받아들이고 있는 그런 은유들을 신뢰하고 있었다. 인간의 노쇠와 황혼, 꿈과 삶, 시간의 흐름과 물이 바로 그것들이다. 나는 몇 년 후 책으로 나오게 될 이러한 견해를 그에게 드러내보였다.

그는 거의 내 말을 듣고 있지 않았다. 갑자기 그가 말했다.

「만일 당신이 나였다면 1918년에 자신 또한 보르헤스라고 밝힌 한 노신사와의 만남을 잊어버린 사실을 어떻게 설명하실 수 있겠습니까?」

나는 그 문제에 대해서는 전혀 생각을 하지 않았었다. 나는 나도 모르게 말했다.

「아마 너무도 이상한 일이어서 잊어버리려고 애를 썼던 모양이지」

그가 조심스러운 어조로 한 가지 질문을 꺼냈다.

「요즘 당신의 기억력은 어떤가요?」

나는 채 스물이 되지 못한 청년에게 70이 넘은 사람이란 거의 시체와 같은 존재라는 것을 깨달았다. 그에게 말했다.

「자주 심한 망각에 빠져들곤 하지. 그러나 아직도 찾아내야 할 기억이 있다면 찾아내기는 하지만. 나는 고대 영어를 공부하고 있고, 그 반에서 꼴등을 하고 있는 것은 아니라네」

우리들의 대화는 꿈속의 대화라고 보기에는 지나치게 오래 계속되고 있었다.

불현듯 어떤 생각이 머리를 스치고 지나갔다. 나는 입을 열었다.

「당장 자네가 나를 꿈꾸고 있는 게 아니라는 것을 증명해 보이지. 내가 기억하는 한 자네가 읽은 적이 없는 이 시구를 조심스럽게 들어보게」

나는 천천히 그 유명한 시구를 입에 담았다. 〈히드라[10]의 세계는 우스꽝스럽게도 천체의 굴 껍질 같은 몸체를 가지고 있다.〉

나는 그가 거의 경악에 가까운 놀라움에 빠져드는 것을 보았다. 그가 빛나는 단어 하나하나를 음미해 가면서 그 시구를 읊조리기 시작했다.

「사실이네요——그가 머뭇거리며 말했다——나는 결코 이와 같은 시구를 쓸 수가 없을 거예요」

빅토르 위고가 우리를 하나로 만들어주었다.

지금 기억이 나는데 그는 좀전에 휘트먼의, 그러니까 그 시인이 행복에 넘쳐 바닷가에서 보냈던 어떤 밤의 기억을 읊고 있는 짧은 시구 한 편을 음송했었다.

「휘트먼이 그 시를 지은 것은——나는 말했다——실제로 그런

---

10) 그리스 신화에 나오는 머리가 아홉 달린 뱀.

일은 일어나지 않았고, 대신 그런 일이 일어나기를 바랐기 때문이었지. 만일 그 시가 실제 사건이 아닌 욕망의 표현이라는 것을 우리가 깨닫게 되면 그 시는 성공한 것이지」

그가 입을 떡 벌린 채 나를 바라보았다.

「당신은 그를 몰라요──그가 소리쳤다──휘트먼은 거짓말 같은 것은 할 수가 없는 그런 사람이에요」

반 세기의 시간이 그저 쓸모없이 지나가는 것은 아니다. 사람들과 이런저런 책과 다양한 취미들에 관해 대화를 나누는 동안 나는 우리가 서로를 결코 이해할 수 없다는 것을 깨달았다. 우리는 너무 비슷했으면서도 너무 달랐다. 우리는 서로를 속일 수가 없었기 때문에 대화가 쉽지 않았다. 우리는 각기 서로의 캐리커처적인 복사였다. 이러한 순간이 오래 지속되기에는 상황이 지나치게 비정상적이었다. 무엇인가 충고를 하거나, 토론을 하는 것은 소용없는 일이었다. 왜냐하면 피할 수 없는 그의 운명은 바로 내가 되는 것이기 때문이었다.

나는 불현듯 코울리지의 환상이 떠올랐다. 어떤 사람이 천국을 가로지르게 되는데 그곳에 사는 이들이 증거로서 꽃 한 송이를 준다. 눈을 뜬 그는 옆에 놓여 있는 꽃 한 송이를 발견한다. 비슷한 계교가 내 머리를 스치고 지나갔다.

「혹──내가 말했다──돈 좀 가지고 있나?」

「네──그가 대꾸했다──20프랑쯤 가지고 있는데요. 오늘밤 시몬 히칠린스키와 크로코딜에서 만나기로 했거든요」

「시몬에게 미래에 카루지에 있는 병원에서 일하게 되고, 크게 성공하게 될 거라고 말해 주게……. 그건 그렇고 자네가 가지고 있는 돈 중 동전 하나만 줘보겠나」

그가 커다란 세 개의 은화와 몇 개의 동전을 꺼냈다. 그러고는 여전히 어리둥절한 얼굴을 한 채 내게 은화 중의 하나를 건넸다.

나는 같은 크기이면서도 다양한 값어치를 가진 무미건조한 미국 지폐 중의 하나를 그에게 내밀었다. 그가 요모조모 그것을 살펴보았다.

「이럴 수가 없어――그가 소리쳤다――어떻게 연도가 1974년일 수가 있어」

(몇 달 후 누군가가 내게 지폐에는 발행일이 찍혀 있지 않다고 말했다.)

「이 모든 것은 기적이에요――그가 마침내 말했다――하지만 기적은 공포를 가져다주지요. 예수의 부활을 목격했던 사람들은 모두가 공포에 사로잡혔지 않아요」

우리는 조금도 바뀐 게 없구나, 하고 나는 생각했다. 달라지는 것은 항상 학문적 견해들뿐이다. 그가 지폐를 찢어버린 뒤 동전들을 주머니에 담았다.

나는 내 손에 들려 있던 은화를 강에 내던져버리려고 했다. 은빛 강 속으로 사라지는 둥근 모양의 커다란 은판은 내 얘기에 생생한 이미지를 부여해 줄 수 있을 것이었다. 그러나 불운하게도 일은 그렇게 일어나지 않았다. 나는 그에게 만일 초자연적인 일이 두 차례 일어나면 그것은 더 이상 공포스러운 게 아니라고 말했다. 나는 그에게, 그러니까 두 개의 시간과 두 개의 공간 속에 존재하고 있는 똑같은 벤치에서 내일 다시 만나자고 제안했다.

그가 즉시 동의했고, 시계도 보지 않은 채 시간이 늦었다고 말했다. 우리 둘은 거짓말을 하고 있었고, 우리는 각기 상대가 거짓말을 하고 있다는 것을 알고 있었다. 나는 그에게 누군가가 나를 데리러 올 거라고 말했다.

「당신을 데리러 온다구요?」 그가 물었다.

「그래. 내 나이에 이르면 사람들은 거의 시력을 잃게 되지. 눈앞에 노란 빛깔과 그림자들과 빛들이 어른거리게 돼. 하지만 걱정하지 말아. 점진적인 시력 상실은 비극적인 일이 아니니까. 그것은 마치 천천히 여름밤이 오는 것과도 같지」

우리는 악수도 하지 않은 채 작별했다. 다음날 나는 약속 장소에 가지 않았다. 아마 그도 약속 장소에 오지 않았을 것이다.

그 만남에 관한 생각은 계속 나의 뇌리를 떠나지 않았다. 그러나 나는 아무에게도 그 얘기를 털어놓지 않았다. 나는 그것의 해답을 발견했다고 생각한다. 그 만남은 진실이었고, 그러나 그는 꿈속에서 나와 얘기를 나누었던 것이고, 그래서 나를 잊어버릴 수 있었던 것이리라. 나는 깨어 있는 상태에서 그와 얘기를 나누었던 것이고, 그래서 여전히 그 만남이 나를 괴롭히고 있는 것이리라.

그는 나를 꿈꾸었다. 그러나 그는 나를 명확하게 꿈꾸지 않았다. 나는 이제 이해가 되는데 그가 꿈꾸었던 것은 달러 지폐에 찍혀 있던 그 불가능한 날짜였던 것이다.

울리카

그는 검 〈그램〉을 집어들고 칼집에서 검을 뽑아 그들 사이에 놓았다.

『볼숭사가』 29.[1]

내가 하려고 하는 이 이야기는 사실에 충실한 것이다. 아니 적어도 그것에 대한 나의 기억만큼은. 그 사건이 일어난 지는 그다지 오래되지 않는다. 그렇지만 문학은 관행상 그것에 상세한 세부 묘사를 가하고, 중요점들을 강조한다. 나는 요크 시[2]에서 이루어졌던 울리카와의 만남에 대해 이야기하고자 한다(나는 그녀의 성이 무엇인지 몰랐고, 아마 결코 그것에 대해 알지 못하게 될 것이다). 이야기는 하룻밤과 그 다음날 아침에 걸쳐 전개된다.

그녀와 처음 만났던 곳이 크롬웰의 성상파괴주의자들이 존경을 표시했던 그 모든 이미지들을 품고 있는 색유리 창들을 가진 요크의 〈다섯 자매회〉 건물이었다고 말하는 것은 문학적으로 매우 자연스러운 일이다. 그러나 실제로 내가 그녀를 만났던 곳은 〈노

---

1) 북구의 신화.
2) 영국 노스 요크셔 주의 수도.

던 인〉(여관 이름)의 라운지였다. 그곳은 성의 반대편에 자리잡고 있었다. 그날 그곳에 모여 있던 사람은 몇 안 되었는데 그녀는 사람들로부터 등을 돌린 채 서 있었다. 누군가가 그녀에게 술을 한 잔 권했지만 그녀는 그것을 거절했다.

「나는 페미니스트예요——그녀가 말했다——나는 남자들의 뒤를 좇는 사람이 아니에요. 나는 그들이 즐기는 담배나 술을 혐오해요」

그녀는 유머라고 생각하고 그렇게 말한 것 같았고, 그것도 한 두 번 그렇게 했던 게 아닌 것 같았다. 나는 나중에 그것이 그녀의 특징적인 모습이 아니라는 것을 알게 되었다. 그러나 어떤 사람이 말하는 것과 꼭 일치하는 것은 아니잖는가.

그녀는 박물관에 늦게 도착했으나 자신이 노르웨이 사람이라는 것을 알고 들어가도록 해주었다고 말했다.

한 사람이 끼여들었다.

「요크에 노르웨이 사람이 온 것은 처음이 아니지요」

「당연하지요——그녀가 말했다——원래 영국은 우리의 것이었는데 잃어버렸기 때문이죠. 누군가 어떤 것을 가질 수 있고, 그것을 잃어버릴 수 있는 것처럼 말이에요」

바로 그 순간 나는 그녀의 모습을 눈에 담게 되었다. 블레이크[3]는 자신의 시에서 부드러운 은, 또는 성난 금의 이미지를 가진 여인들에 대해 말한다. 그러나 울리카에게는 금과 부드러움이 함께 들어 있었다. 그녀는 날카로운 인상에 회색 눈을 가졌으며 가냘프고 키가 컸다. 나는 그녀의 얼굴에서보다 그녀를 감싸고 있는

---

3) 영국의 시인이자 화가(1757-1827).

은근한 신비감으로부터 더 결정적인 인상을 받았다. 그녀는 쉽게 미소를 지었는데 그것은 그녀에 대해 거리감을 느끼도록 만들었다. 그녀는 검은 옷을 입고 있었다. 그것은 울긋불긋한 색깔들을 가지고 무미건조한 주변 환경에 활기를 부여하는 관습을 가진 북쪽 지방에서는 드문 광경이었다. 그녀는 분명하고 정확한 영어를 구사하고 있었는데 /r/발음을 약간 굴리는 편이었다. 나는 뛰어난 관찰자가 아니다. 따라서 나는 조금씩 조금씩 그런 것들에 대해 발견하게 되었다.

우리는 서로를 소개했다. 나는 그녀에게 내가 보고타에 있는 안데스대학의 교수임을 말해 주었다. 나는 내가 콜롬비아 사람임을 알려주었다.

그녀가 진지한 얼굴로 물었다.

「콜롬비아 사람이라는 것의 의미가 뭔데요?」

「나도 모르겠어요——나는 대답했다——대략 신념의 문제라고나 해야 할까요」

「마치 누군가가 노르웨이 사람인 것처럼요」

그렇게 그녀가 동의를 표했다.

그날 밤 우리가 나누었던 이야기에 관해서는 더 이상 기억이 나지 않는다. 다음날 나는 아침 일찍 식당으로 내려갔다. 창을 통해 나는 지난밤에 내린 눈을 볼 수 있었다. 황야는 아침 햇살 속에 묻혀가고 있었다. 사람들은 우리밖에 없었다. 울리카가 자신의 식탁으로 나를 초대했다. 그녀는 홀로 산보 다니기를 좋아한다고 말했다.

쇼펜하우어의 농담 하나를 기억하면서 나는 대꾸했다.

「저도 마찬가지예요. 그러니 둘이 함께 산보를 나갈 수가 있겠네요」

　우리는 새로운 눈을 밟으며 여관으로부터 점점 멀어져 갔다. 들판에는 단 한 사람의 인적도 없었다. 나는 그녀에게 몇 마일 떨어진 곳에 있는 하구 쪽의 토게이트에 가지 않겠느냐고 물었다. 나는 내가 이미 울리카에게 사랑에 빠져 있다는 것을 알고 있었다. 왜냐하면 그때 나는 그녀 외에는 누구도 내 곁에 있기를 바라지 않았을 것이기 때문이었다.
　나는 갑자기 먼 곳에서 들려오는 한 마리의 늑대 울음소리를 들었다. 나는 전에 늑대가 우는 소리를 들어본 적이 없었지만 나는 그것이 늑대 울음소리라는 것을 알고 있다. 울리카는 동요하지 않았다.
　잠시 후 그녀가 큰 소리로 생각하는 듯 말했다.
「어제 요크 성에서 보았던 몇 개의 보잘것없는 검들은 오슬로 박물관에 있는 거대한 선박들보다 더 감동적이었어요」
　우리들의 갈 길은 달랐다. 그날 오후 울리카는 런던으로, 나는 에딘버러로 갈 예정이었다.
「드퀸시가 옥스포드 거리에서——그녀가 내게 말했다——런던의 군중 속으로 사라진 안나를 찾아 헤맸던 길을 그대로 쫓아가 볼 예정이에요」
「드퀸시는——나는 대꾸했다——그녀를 찾는 것을 중단했지요. 나는 일생 동안 그녀를 찾아 헤매고 있구요」
「아마——그녀가 낮은 소리로 말했다——당신은 이미 그녀를 찾았는지도 모르지요」
　나는 돌발적인 행동을 해도 괜찮다는 것을 깨달았고, 따라서 그녀의 입술과 눈에 키스했다. 그녀가 단호하게 뒤로 물러서며

잘라 말했다.

「토게이트의 여관에서 나는 당신의 것이 될 거예요. 그 전까지 제 몸에 손을 대서는 안 된다는 것을 명심해 주세요. 그렇게 하는 게 우리에게 좋을 거니까요」

나이가 한참 든 독신자에게 사랑의 도래는 더 이상 기대되지 않는 선물이다. 기적은 조건을 제시할 권리를 가지고 있다. 나는 뽀빠안에서 보냈던 나의 어린 시절과, 한때 내가 사랑을 거부했던 울리카처럼 매력적이고 가냘팠던 텍사스의 한 여자아이를 떠올렸다.

나는 그녀에게 나를 사랑하는지 묻는 실수를 범하지 않았다. 나는 이런 경우가 그녀에게 처음도, 그렇다고 마지막도 아니라는 것을 깨닫고 있었다. 이런 식의 모험이 내게는 마지막이겠지만 입센의 그 아름답고 단호한 후예[4]에게는 수도 없는 일이었으리라.

우리는 손을 잡은 채 계속 길을 걸었다.

「이 모든 게 꿈만 같소―― 나는 말했다 ―― 나는 결코 꿈을 꾸지 않는데 말이오」

「마왕이―― 그녀가 대꾸했다 ―― 마술을 부려 돼지 우리에서 잠을 자도록 만들 때까지 결코 꿈을 꾼 적이 없었던 그 왕처럼 말이지요」

이어 그녀가 덧붙였다.

「들어봐요. 새 한 마리가 울려고 하는 것 같은데」

곧 우리는 새의 울음소리를 듣게 되었다.

「지구상에서―― 나는 말했다 ―― 죽음을 눈앞에 둔 사람은 미

---

4) 입센이 노르웨이 출신 작가이기 때문에 노르웨이 출신인 울리카를 이렇게 칭하는 것이다.

래를 예견할 수 있다던데」

「나는 곧 죽게 될 거예요」

그녀가 말했다.

나는 어리둥절해 그녀를 쳐다보았다.

「숲을 가로질러 가요——내가 그녀에게 제안했다——그러면 토게이트에 보다 빨리 도착할 수 있을 거예요」

「숲은 위험해요」그녀가 말했다.

우리는 계속 황무지를 가로질러 갔다.

「나는 이 순간이 영원히 지속되었으면 하는 생각이오」내가 낮은 목소리로 말했다.

「〈영원히〉라는 말은 인간들에게는 허용되지 않는 말이에요」

울리카가 말했다. 그리고 너무 강렬하게 말했다 싶었던지 정확히 못 들었던 것 같은 내 이름을 되풀이해 물었다.

「하비에르 오따롤라예요」

내가 말했다.

그녀는 내 이름을 발음해 보려고 했으나 성공하지 못했다. 나 또한 그녀의 원이름인 율리케[5]를 제대로 발음할 수가 없었다.

「나는 당신을 시구르트[6]라고 부르겠어요」

그녀가 미소를 지으며 말했다.

「만일 내가 시구르트라면——내가 말했다——당신은 브린힐트[7]겠네요」

---

5) 울리카란 율리케에 대한 스페인식 발음이다.
6) 북구의 신화에 나오는 영웅의 이름. 독일의 신화에 나오는 지그프리트와 동일한 인물.
7) 오딘의 12 시녀 중 하나로 시구르트를 마법에서 깨어나게 해주었다가 나중에 그를 살해케 했다.

그녀가 걸음을 늦추었다.

「『볼숭사가』를 아시나요?」 내가 그녀에게 물었다.

「당연하지요――그녀가 내게 말했다――그 비극적인 이야기는 나중에 『니벨룽게네이드』[8]로 바꾼 게르만 족에 의해 망쳐졌지요」

나는 논쟁을 벌이고 싶지 않았다. 나는 말했다.

「브린힐트, 당신은 마치 우리가 누워 있는 침대 사이에 칼이 놓여 있기를 바라는 것처럼 걷는군요」

갑자기 우리 앞에 여관이 나타났다. 나는 그곳의 이름이 우리가 떠나왔던 곳처럼 〈노던 인〉이라는 것에 전혀 놀라움을 느끼지 않았다.

층계 위에서 울리카가 소리를 질렀다.

「늑대 소리를 들었다구요? 영국에는 더 이상 늑대가 남아 있지 않아요. 빨리 올라와요」

꼭대기층으로 올라간 나는 벽에 윌리엄 모리스식, 그러니까 짙은 붉은색에 새와 과일들의 그림이 뒤섞인 벽지가 발라져 있는 것을 보았다. 울리카가 먼저 안으로 들어갔다. 어두운 방은 양쪽으로 기울어진 낮은 천장을 가지고 있었다. 기다리고 있는 침대는 희미한 거울에 되비치고 있었고, 반짝반짝 닦아놓은 마호가니 가구는 성서에 나오는 거울을 연상케 했다. 울리카는 벌써 이미 옷을 벗은 뒤였다. 그녀가 나의 진짜 이름을 불렀다. 하비에르. 나는 눈이 더 많이 쏟아지고 있다는 것을 느꼈다. 더 이상 거울도 가구도 없었다. 우리들 사이에는 칼도 없었다. 시간은 마치 모래처럼 흐르고 있었다. 어둠 속에서 수세기 묵은 사랑이 흐르고 있

---

[8] 북구의 신화를 거의 모방한 독일의 신화로 시구르트 대신 지그프리트가 등장한다.

었고, 나는 처음이자 마지막으로 율리케의 이미지를 소유하게 되었다.

의회

> 그들은 그 거대한 성으로 향했다. 성의 입구에는 이렇게 씌어 있었다. 〈나는 사람에 속하지 않고 모든 사람에 속한다. 당신들은 여기에 들어오기 전에도 여기에 있었고, 이곳으로부터 떠난 뒤에도 여전히 이곳에 있을 것이다.〉
>
> 디드로, 『작크 르 파딸리스뜨와 그의 선생』
> (1769)

내 이름은 알레한드로 페리이다. 그 이름 속에는 군대적 뉘앙스가 깃들여 있다. 그러나 나는 〈영광의 메달이나 마케도니아 왕의 위대한 그림자에는〉──이 구절은 「대리석 기둥」이라는 시를 쓴 시인의 것이며, 그와의 친분은 나를 영예롭게 만들었다──걸맞지 않는 아주 평범한 사람이다.[1] 나는 이제는 더 이상 남부라고 할 수 없는 남부에 있는 산띠아고 델 에쓰떼로 거리에 있는 한 호텔의 꼭대기에서 살고 있다. 나는 내일모레면 칠십대 후반에 들어설 것이다. 하지만 나는 여전히 몇 명 안 되기는 하지만 학생들에게 영어를 가르치고 있다. 우유부단, 또는 게으름 때문에, 또는 또 다른 이유들 때문에 나는 결혼을 하지 않았고, 여지껏 혼자 살고 있다. 외로움이 내게 고통을 가져다주지는 않는다. 왜냐하

---

[1] 알레한드로란 알렉산더의 스페인식 이름이다. 따라서 마케도니아의 왕 알렉산더 대제를 언급한 것이다.

면 나는 나 자신과 나 자신이 가진 문제들을 견뎌내는 것만으로도 아주 힘이 들기 때문이다. 나는 나 자신이 늙어가고 있다는 것을 느끼고 있다. 그것의 부인할 길 없는 증상은 새로운 것에 흥미를 느끼지도 놀라지도 않는다는 사실에서 증명된다. 왜냐하면 기실 그 새롭다는 것들 속에는 그 어떤 새로운 것도 없고, 그것들은 단지 원래의 것들에 대한 변형들에 불과하다고 느꼈기 때문이었을 거다. 젊은 시절 나는 석양과 도시의 변두리와 변화를 좋아했었다. 반면에 이제는 아침과 도심과 평화를 선호한다. 나는 더이상 햄릿인 척하기를 중단하고 있다. 나는 보수당과 장기클럽에 가입했다. 물론 나는 주로 방관자로서, 이따금은 전혀 무관심한 방관자로서 모임에 참석하곤 했다. 관심을 가지고 있는 사람은 멕시코 가에 있는 국립도서관의 먼지 쌓인 구석에서 나의 『존 윌킨스의 분석적 언어에 관한 짧은 연구』라는 책을 발견하게 될 것이다. 그것은 슬프게도 많은 오류들을 고치거나 줄여야 하는 개정판이 요구되는 책이었다. 나는 도서관의 새 관장이 마치 현대어들은 전혀 그렇지 않다는 듯 고대 언어 연구와, 칼잡이들이 득실거리는 상상의 부에노스 아이레스에 대한 선동적 찬양에 헌신한 학식 있는 사람이라는 소문을 듣고 있었다. 나는 그를 만나고 싶은 마음을 가진 적이 없었다. 내가 이 도시에 도착한 것은 1899년이었다. 그 이래 내가 칼잡이, 또는 그런 명성을 가진 사람과 직접 마주치게 된 것은 단 한 차례뿐이었다. 뒤에 가서 기회가 되면 그 에피소드에 대해 들려주리라.

    나는 이미 내가 독신이라는 것을 말했다. 며칠 전 내가 페르민 에구렌에 대해 말하는 것을 들은 같은 호텔의 한 식객이 그는 이미 뿐따 델 에스떼에서 죽었다는 말을 들려주었다.

결코 나의 친구인 적이 없었던 그 사람의 죽음은 이상스럽게도 나를 슬프게 만들었다. 나는 내가 외롭다는 것을 알고 있다. 나는 이 세계 전체에서 그 사건, 그러니까 〈의회〉에 관한 비밀을 간직하고 있는 유일한 사람이기 때문이다. 나는 더 이상 그것에 대한 기억을 나눠줄 수가 없다. 이제 나는 그 의회의 마지막 구성원이다. 물론 모든 사람이 그 〈의회〉의 구성원이고, 이 지구상에 그렇지 않은 사람은 단 한 사람도 없다는 것은 사실이다. 그렇지만 나는 다른 방식으로 그것의 구성원인 것이다. 나는 내가 그렇다는 것을 알고 있다. 그것이 바로 나를 나의 현재 또는 미래의 셀 수 없이 많은 동료들로부터 갈라놓고 있다. 1904년 2월 7일 우리가 〈의회〉의 역사에 관해 비밀을 지키겠다는 신성한——이 세상에 신성한 것, 또는 그렇지 않은 어떤 것이 과연 있을까?——맹세를 했다는 것은 부인할 수 없는 사실이다. 그러나 내가 거짓 맹세자였다는 것은 〈의회〉의 한 부분이었다는 것만큼이나 부인할 수 없는 사실이다. 이러한 진술은 매우 모호한 것이기는 하나 그것은 나의 알 수 없는 독자들에게 호기심을 불러일으킬 수가 있을 것이다.

어찌됐든 나에게 부과된 과업은 쉬운 일이 아니다. 나는 전에 결코 서사적 이야기를 쓰려고 해본 적도, 심지어 편지의 형태를 가진 것조차 시도해 본 적이 없다. 게다가 의심할 바 없이 보다 중요한 것은 내가 들려주려는 그 이야기 자체가 믿기 힘든 내용을 가졌다는 사실이다. 부당하게도 잊혀져 버린 『대리석 기둥들』이라는 시집을 낸 호세 페르난데스 이랄라 같은 사람이야말로 이런 일에 적합한 사람이다. 하지만 때는 이미 늦었다. 나는 의도적으로 실제 일어났던 일들을 왜곡시키지는 않을 것이다. 당연히 나의 게으름과 무능력이 나로 하여금 한 차례 이상 실수를 범하도록 만드리라는 것은 예상되지만 말이다.

정확한 날짜는 그다지 중요한 게 아니다. 나는 1899년 내 고향인 산따 페[2]를 등졌다. 그 뒤 나는 그곳으로 돌아가 본 적이 없다. 나는 그다지 매력을 느끼지 못했던 도시인 부에노스 아이레스에 길들여져 있었다. 마치 어떤 사람이 자신의 육체나 지병에 길들여지는 것처럼. 나는 별다른 감흥 없이 내가 곧 죽게 되리라는 사실을 예감하고 있다. 따라서 나는 곁길로 빠지기 쉬운 나의 습관을 제어하면서 내 얘기를 조금 진척시켜 나가고자 한다.

만일 우리가 본질이라는 것을 가지고 있다면, 설령 세월이 지난다 해도 그것은 바뀌지 않을 것이다. 어느 날 밤, 내게 《세계의 의회》에 가고픈 충동이 일어났던 것은 먼저 《울띠마 오라》지의 편집국에 가봐야겠다는 충동에서 비롯되었다. 한 평범한 시골 청년에게 기자가 된다는 것은 낭만적인 꿈일 수 있다. 그처럼 수도의 한 평범한 청년에게 가우초(목동)나 농장의 일꾼이 된다는 것 또한 낭만적인 꿈일 수 있다. 지금은 내게 하잘것없이 보이는 한때 기자가 되고 싶다는 그러한 생각에 대해 나는 부끄러움 같은 것을 느끼지 않는다. 나는 나의 동료인 페르난데스 이랄라가 이렇게 말했던 게 기억난다. 「기자들은 내심 시간을 넘어서고 영원히 기억되기를 바라면서 글을 써왔지만 사실인즉 그들은 잊혀져 버리도록 하기 위해 기사를 썼던 거지」 그때 그는 이미 나중에 약간 손을 봐 『대리석 기둥들』에 수록하게 될 몇 편의 완벽한 소네트들을 조각해(이 단어는 흔히 쓰이는 어휘이다) 놓고

---

2) 부에노스 아이레스의 북서쪽에 위치한 지방의 이름.

있었다.
    나는 내가 언제 처음으로 〈의회〉에 관해 듣게 되었는지 기억이 나지 않는다. 아마 경리가 나의 첫 월급을 지불했던 날 저녁이 아니었는가 생각된다. 나는 부에노스 아이레스가 나를 받아들였다는 사실을 축하하기 위해 함께 저녁을 하자고 이랄라를 초대했다. 그가 〈의회〉에 빠져서는 안 된다며 나의 초대를 정중히 거절하는 게 아닌가. 나는 즉시 그가 말하는 의회라는 게 스페인 사람들이 몰려 사는 한 거리의 끝에 자리잡고 있는 호화스런 원형 건물이 아니라 보다 비밀스럽고 보다 중요한 어떤 무엇을 가리킨다는 것을 깨달았다. 사람들은 〈의회〉에 대해 말하곤 했다. 어떤 사람들은 드러내놓고 경멸적인 어조로, 어떤 사람들은 수군거리는 목소리로, 그리고 또 다른 어떤 사람들은 경계심이나 호기심이 섞인 목소리로 말하곤 했다. 그렇지만 나는 모두가 그것에 대해 전혀 아는 바가 없다고 생각한다. 몇 주가 지난 어느 토요일, 이랄라가 함께 의회에 가지 않겠느냐고 나를 초대했다. 그가 내게 이미 필요한 절차들은 모두 마쳐놓았다고 털어놓았다.
    아마 밤 아홉시나 열시쯤이었을 거다. 그가 전차 속에서 이 예비모임은 매주 토요일에 열리고 아마 내 이름 때문에 그런 것 같은데 〈의회〉의 의장인 알레한드로 글렌꼬에 씨가 나의 참석을 허락했다고 말했다. 우리들은 〈가스등〉 카페로 들어갔다. 15명에서 20명쯤 되는 듯한 의원들은 기다란 탁자 주위에 둘러앉아 있었다. 상석이 하나 있었는지, 내 기억이 덧붙인 것인지는 알 수 없지만 나는 전에 그를 전혀 본 적이 없었음에도 불구하고 금세 의장을 알아볼 수 있었다. 알레한드로 씨는 신사였다. 그는 이미 상당히 나이가 들어 있었고, 반듯한 이마에 회색 눈, 그리고 희끗희끗해져 가고 있는 붉은 턱수염을 가지고 있었다. 내가 본 그는 항상 칙칙한 빛깔의 양복을 입고 있었고, 지팡이 위에 두 손을 얹은 채 몸을 기대고 있는 자세를 하고 있었다. 그는 살이 통통했고, 키가 컸다. 그의 왼편에는 역시 빨간 머리를 가진 젊은 남자 한 사람이 앉아 있었다. 그 격렬한 색깔은 불, 글렌꼬에 씨의 턱수염 빛깔, 그리고 가을의 나뭇잎을 연상케 했다. 오른쪽에는 얼굴이 길쭉하고 이마가 아주 납작한, 보헤미안 차림의 한 청년이 앉아 있었다. 모두가 차례로 커피를 주문했고, 몇 사람은 그것에 압상트 주를 곁들여 시키기도 했다. 첫번째로 나의 주의를 끈 것은 수많은 남자들 틈에 끼어 있는 한 여자였다. 탁자의 다른쪽 끝에는 해군복을 입은 10살 가량의 소년이 앉아 있었다. 그애는 금세 졸기 시작했다. 또한 개신교 목사 한 사람, 두 사람의 유태인, 마치 뒷골목의 건달들처럼 꼭 달라붙은 옷에 검정 실크 스카프를 맨 흑인 한 사람도 끼어 있었다. 흑인과 소년의 앞에는 두 잔의 초콜릿이 놓여 있었다. 내게는 그날 이후로 다시는 못 보게 된 아주 예의 바르고 언변이 좋은 마르셀로 델 마소 씨를 제외하고는 모두가 낯선 사람들이었다. 나는 색이 바래고 초점이 엉망인 우리들의 회합 광경을 찍은 사진 한 장을 가지고 있다. 하지만 나는 그것을 출판하지 않겠다. 왜냐하면 그 시대의 옷차림이며, 긴 머리, 그리고 콧수염이 모든 것을 우스꽝스럽고 심지어 초라하게 만들어 그 광경에 대한 잘못된 인상을 갖도록 할지도 모르기 때문이다. 모든 모임은 나름의 방언과 의식들을 탄생시키는 경향이 있다. 나에게 항상 일종의 꿈과 같았던 〈의회〉는 회원들로 하여금 서두르지 않고 그것이 추구하는 목적과 심지어 회원들의 이름과 성에 대해 알아가도록 만드는 것 같았다. 나는 곧 질문을 하지 않는 게 관례라는 것을 깨달았다. 나는 심지어 페르난데스 이랄라에게조차 질문하는 것을 삼가야 했다. 물론 그 또한 내게 일언반구도 내비치지 않았다. 나는 단 한 차례도 토요일 모임에 빠지지 않았다. 그러나 나는 한두 달 정도 지나면서 모든 것을 깨달아가게 되었다. 두번째 회합부터 내 옆자리에 앉은 사람은 도날드 워렌이라는 〈남부철도회사〉의 엔지니어였다. 그가 내게 영어를 강습해 줄 예정이었다.

알레한드로 씨는 거의 입을 열지 않았다. 나머지 사람들은 그에게 직접 말하지 않았다. 그러나 나는 모두가 그를 향해 말하고 있고, 그의 동의를 구하고 있다는 것을 느꼈다. 그는 천천히 손을 내젓는 것만으로도 벌어지고 있는 논쟁의 주제를 바꿀 수 있었다. 나는 점차로 왼쪽에 앉아 있는 그 빨간 머리의 사내가 트윌이라는 기이한 이름을 가지고 있다는 사실을 알게 되었다. 나는 신장이 자신들로 하여금 현기증을 느끼고 몸을 구부리게 만들기나 한다는 듯 키가 아주 큰 사람들이 특징으로 가지고 있는 그의 허약한 인상을 기억한다. 나는 늘 그가 이따금 탁자 위에 놓아두기도 하는 구리로 만든 나침반을 손으로 만지작거리던 것을 기억한다. 1914년 그는 아일랜드군의 보병부대원으로 참전했다 사망했다. 오른쪽을 차지하고 있는 이마가 납작한 젊은이는 의장의 조카인 페르민 에구렌이었다. 나는 만일 그런 게 있다면 가장 인위적인 장르일 리얼리즘에 대해 믿지 않는다. 따라서 내가 점차로 이해하기 시작했던 것을 한꺼번에 들려주려고 한다. 그러기 전에 나는 독자들에게 그 당시의 내 상황을 상기시켜 주는 게 필요하다고 생각한다. 나는 부에노스 아이레스에 왔고, 그렇게 느꼈는데 갑자기 부에노스 아이레스의, 아니 누가 알아, 세계의 가장 중심부에 들어와 있는 나 자신을 발견한 까실다 출신 농부의 아들인 평범한 청년이었다. 반 세기가 지났지만 나는 여전히 그 초기의 현혹감을 잊어버릴 수가 없다. 물론 그렇다고 그것이 마지막 또한 아니었다.

사건은 이러했다. 나는 가능한 한 간명하게 그것을 들려주겠다. 의장인 알레한드로 글렌꼬에 씨는 우루과이 출신의 농장주이자 브라질과의 국경에 인접해 있는 거대한 토지의 소유주였다. 스코틀랜드 에버딘 출신인 그의 아버지는 전 세기의 중반쯤 이 대륙으로 건너와 정착했다. 그는 수백 권의 책, 감히 말하건대 책만 가지고 왔고, 알레한드로 씨는 살아오면서 내내 그 책들을 읽었다. (나는 내 손 안에 들어와 있는 그 기이한 책들에 대해 말하고 있다. 왜냐하면 그것들 중의 하나에 바로 내 이야기의 뿌리가 깃들여 있기 때문이다.) 글렌꼬에 I세는 죽으면서 딸 하나와 아들 하나를 남겼다. 바로 그 아들이 나중에 우리들의 의장이 될 것이었다. 딸은 에구렌이라는 사람과 결혼했고, 페르민의 어머니가 바로 그녀였다. 알레한드로 씨는 한때 국회의원이 되려고 했으나 정치판의 보스들이 그의 길을 막았다. 가슴에 한이 맺힌 그는 보다 규모가 큰 또 다른 의회를 만들기로 결심했다. 그는 칼라일[3]의 격정적인 책장에서 서른여섯 명의 이방인들 중 맨 처음으로 파리의 의회 앞에서 마치 〈인류의 연사〉처럼 연설을 했던 이성(理性)의 여신 예찬자인 아나차르시스 쿨르츠의 운명에 관해 읽었던 것을 떠올렸다. 그러한 전범에 마음이 움직인 알레한드로 씨는 모든 나라의 모든 사람들을 대표하는 〈세계적 의회〉를 만들려

---

3) Thomas Carlyle(1795–1881) : 영국의 역사가이자 철학자. 주요 저서로 『영웅들』이 있다.

는 생각을 품게 되었다. 그것을 위한 예비모임의 중심지가 바로
〈가스등〉카페였다. 대략 4년 내에 이루어질 공식 개회는 알레한
드로의 농장에서 실시될 예정이었다. 다른 많은 우루과이 사람들
과는 달리 국민적 영웅인 아르티가스[4]의 예찬자가 아닌 알레한드
로 씨는 부에노스 아이레스를 좋아했다. 그럼에도 불구하고 그는
종국에 가서 〈의회〉만큼은 자신의 고국에서 열려야 한다고 결정했
다. 기이하게도 4년의 준비 기간은 거의 기적이라 할 만큼 정확하
게 지켜졌다.

처음에 우리는 일당으로 상당한 액수의 돈을 받았다. 그러나
나만큼이나 가난한 페르난데스 이랄라가 열정에 사로잡혀 자신의
일당을 포기했고, 그것에 감염된 나머지 우리 또한 그 뒤를 따랐
다. 그것은 매우 지대한 효과를 자아냈다. 왜냐하면 그것을 기준
으로 겨로부터 밀알을 구분할 수 있었기 때문이었다. 회원들의
수가 줄어들면서 오직 충심을 가진 사람들만이 남게 되었다. 유
일하게 보수가 지급되는 사람은 달리 생계를 유지할 방법이 없고
맡은 일이 과다했던 여비서 노라 에르프조드뿐이었다. 전 지구를
포괄하는 조직체를 만드는 것은 사소한 일이 아니었다. 편지들이
오갔고, 마찬가지로 전보들 또한 오고 갔다. 페루, 덴마크, 인도
로부터 지지자들이 편지를 보내오곤 했다. 한 볼리비아 사람은
자신의 나라가 바다에 인접해 있지 않기 때문에 그 안타까운 상황
이 의회의 첫번째 토론 주제가 되어야 한다는 편지를 써 보내왔다.

선견지명이 있는 트윌이 〈의회〉는 철학적 성질을 가진 문제들
을 다뤄야 할 거라는 의견을 냈다. 모든 인류를 대표하는 의회를

---

4) José Gervasio Artigas(1764–1850) : 우루과이를 스페인으로부터 독립시키는
데 기여했던 영웅.

구성하는 계획은 마치 수세기 동안 철학자들의 골머리를 앓게 했던 플라톤적 유형들의 정확한 숫자를 밝혀내는 것과도 같았다. 트월은 지나치게 범위를 확장할 필요 없이 알레한드로 글렌꼬에 씨가 농장주들을 대표할 뿐만 아니라 또한 우루과이 사람들, 또한 위대한 선구자들, 또한 빨간 턱수염을 가진 사람들, 그리고 또한 안락의자에 앉은 사람들을 대표하면 어떻겠느냐고 제안했다. 노라 에르프조드는 노르웨이 여자였다. 그녀는 여비서들, 노르웨이 여자들, 또는 간단히 모든 아름다운 여자들을 대표하면 되지 않을까? 한 엔지니어는 뉴질랜드의 엔지니어들을 포함한 모든 엔지니어들을 대표하기에 충분하지 않을까?

내 기억에 그때 페르민이 끼여들었으리라.

「페리는 모든 양키들을 대표하면 되겠네요」 그가 깔깔대며 웃었다.

알레한드로가 엄중한 얼굴로 그를 응시했다. 그리고 천천히 말했다.

「페리 씨는 이 나라를 건설하기 위해 많은 노고를 바친 모든 이민자들을 대표하게 되시는 거지」

페르민 에구렌에게는 나 같은 게 눈에 들어올 리가 없었다. 왜냐하면 그는 다양한 자격들을 구비하고 있는 사람이었기 때문이었다. 우루과이 사람이라는 것, 토착민이라는 것, 모든 여자들이 혹해한다는 것, 아주 비싼 양복점에서 옷을 맞춘다는 것, 그리고 나는 결코 그 이유를 이해할 수 없겠지만 역사의 귀퉁이 속에서 오직 소의 우유를 짜는 일밖에 하지 않았던 종족인 스페인 바스크 혈통을 가졌다는 것.

사소하기 그지없는 한 사건이 우리들의 적대감을 낙인처럼 만들어버렸다. 어느 날 회합 후 에구렌이 모두 후닌의 사창가를 가자고 제안했다. 나는 그 제안에 별로 흥미를 느끼지 못했다. 그러나 나는 그의 조소거리의 대상이 되고 싶지 않았기 때문에 그의 말에 따랐다. 페르난데스 이랄라가 우리와 동행했다. 창녀집을 나오던 우리는 체구가 거대한 한 남자와 마주치게 되었다. 약간 취해 있던 에구렌이 그를 툭 밀쳤다. 그 남자가 길을 가로막으며 우리에게 말했다.

「누구든 나가고 싶으면 우선 이 칼을 비켜서 나가야 할 걸」

나는 현관의 어둠 속에서 반짝이던 칼날이 기억난다. 겁에 질린 에구렌이 뒤로 물러섰다. 나 또한 자신이 없었다. 그러나 내게는 에구렌에 대한 증오심이 두려움보다 컸다. 나는 마치 무기를 꺼내려는 것처럼 겨드랑이 속으로 손을 밀어넣었다. 그리고 단호한 목소리로 말했다.

「우리 거리로 나가서 한판 붙는 게 어떨까?」

낯선 사람이 이미 바뀐 목소리로 대꾸했다.

「나는 자네 같은 남자들을 좋아해. 나는 단지 시험을 해보고 싶었을 뿐이네, 친구」

이어 그가 다정하게 호의에 찬 웃음을 터뜨렸다.

「당신이 생각하는 친구라는 게 바로 이런 것이라 그 말이지」

나는 그렇게 대꾸했고, 우리는 밖으로 나왔다.

단도의 사나이는 창녀집 안으로 들어갔다. 후에 사람들에게 들은 바에 따르면 그는 따삐아, 또는 빠레데스, 또는 그런 비슷한 이름을 가진 소문난 깡패였다고 했다. 거리로 나온 후 침묵을 지키고 있었던 이랄라가 내 어깨를 툭툭 치더니 소리쳤다.

「우리 셋 중에 총사가 하나 있었던 거야. 만세, 달따냥!」

페르민 에구렌은 내가 자신이 저지른 겁쟁이 짓의 목격자가 되었다는 사실을 결코 용서하지 못했다.

나는 이제야말로 본격적으로 이야기를 시작하게 된다는 느낌이 든다. 내가 앞에서 쓴 것들은 아마 내 일생에서 유일무이할 뿐더러 도무지 믿기가 힘든 사건이 일어나도록 우연이나 운명이 요구하는 상황을 들려준 것에 지나지 않는다. 알레한드로 글렌꼬에 씨는 항상 이 이야기의 중심에 자리잡고 있었다. 그러나 우리는 차츰 놀라움과 경계심 속에서 진정한 의장은 트월이라는 사실을 감지하게 되었다. 불타는 듯한 콧수염을 가진 이 특이한 인물은 글렌꼬에에게, 심지어 페르민 에구렌에게까지 아부를 했다. 그러나 그것을 아주 과장되게 했기 때문에 일종의 장난으로 치부되어 품위를 잃은 행동으로 비쳐지지 않았다. 글렌꼬에는 자신의 막대한 재산에 대해 자만심을 가지고 있었다. 반면에 트월은 뭔가를 치르기 위해서는 의장이 져야 할 비용이 지나치게 크다는 것을 암시시켜야 함을 깨달았다. 내 생각에는 처음에 의회는 단지 하나의 희미한 이름에 불과했다. 트월은 끝없는 확장을 제안했고, 알레한드로 씨는 늘 그것을 받아들였다. 그는 마치 끊임없이 커지고 멀리 나아가는 원의 중심에 서 있는 것과 같았다. 트월은, 예를 들어, 의회는 참고문헌실을 가지는 게 필수적이라고 주장했다. 한 서점에서 일하고 있는 니에렌스타인이 우리에게 유스투스 베르테스의 지도와, 다양하고 방대한 백과사전들을 구해 주었다. 백과사전들 속에는 플리니의 『자연사』와 보베의 『반사경』으로부터 저명한 프랑스 백과사전들, 브리태니커, 뻬에르 라루스, 브로카우스, 라르센, 그리고 몬떼네르 이 시몬 백과사전의 즐거운 미로(나는 이 단어들을 페르난데스 이랄라의 음성을 흉내내어 말해 본다)들까지 들어 있었다. 나는 아름답게 조형된 문자들이 표범의 가죽에 박힌 점보다 더 신비로워 보였던[5] 어떤 중국 백과사전의 부드럽던 표지를 내가 쓰다듬어보았던 기억이 떠오른다. 하지만 지금도 내가 후회감을 느끼지 않는 그것들과 관련한 마지막 얘기들은 나중에 들려줄까 한다.

알레한드로 씨는 페르난데스 이랄라와 내게 몹시 다정하게 대했다. 아마 우리야말로 그에게 아첨을 하지 않는 유일한 사람이었기 때문인 듯했다. 그가 자신의 농장 라 깔레도니아에서 함께 며칠을 보내자고 우리를 초대했다. 그곳에서는 벌써부터 석수공들이 건축 작업을 벌이고 있었다.

증기선을 이용한 긴 항해와 뗏목을 이용한 도강 끝에 우리는 어느 날 아침 우루과이의 강안에 도착했다. 이어 우리는 며칠 밤을 거의 허물어져 가는 주막에서 잠을 자고, 쉴새없이 나무 울타리 문을 열어젖히고 닫는 일을 되풀이해야 했다. 우리는 소형마차를 타고 갔다. 들판은 내가 태어났던 작은 시골보다 더 거대하고 더 외로워 보였다.

나는 그 농장에서 느꼈던 두 가지 인상을 여지껏 간직하고 있다. 내가 상상했던 그러한 곳, 그러나 마침내 내가 보게 되었던 그곳. 나는 우스꽝스럽게도 마치 꿈속에서 보거나 한 것처럼 그곳을 산따 페의 평평한 들판과 부에노스 아이레스에 있는 〈빨라시오 데 라스 아과스 꼬리엔떼스〉 분수대가 혼합되어 있는 곳으로 상상했었다. 라 깔레도니아 농장은 짚으로 엮은 맞배지붕과 벽돌을 간 회랑이 있는 길다란 진흙집이었다. 그것은 마치 고난

---

[5] 보르헤스 전집 3권의 『알렙』에 실려 있는 「신의 글」에서 표범의 일종인 재규어의 가죽에 박힌 점들이 신의 메시지가 아닌가 하는 주제가 나온다.

과 세월을 시험하기 위해 지어진 집 같았다. 거친 벽들은 아주 두꺼웠고, 문들은 좁기 그지없었다. 아무도 나무 같은 것을 심으려고 생각하지 않았던 듯 보였다. 아침 해와 저녁 해는 아무런 장애 없이 집 위에 무자비하게 쏟아졌다. 마당에는 돌이 깔려 있었다. 소들은 숫자가 많았는데 수척하고 긴 뿔들을 가지고 있었다. 말들의 흔들거리는 꼬리는 땅 아래로 축 늘어져 있었다. 생애 처음으로 나는 막 도살한 소의 고기 맛을 볼 수가 있었다. 몇 자루의 비스킷이 수송되어 왔다. 며칠 후 농장 관리인은 태어나 처음으로 빵이라는 것을 먹어본 것이라고 내게 말하는 것이었다. 이랄라가 화장실이 어디 있느냐고 물었던 것 같다. 그러자 알레한드로 씨가 거창한 몸짓으로 들판을 가리켰다. 그날 밤은 달이 휘엉청 밝았다. 나는 바람을 쐬려고 집 밖으로 나왔다. 나는 타조가 지켜보고 있는 가운데 들판에 서 있는 이랄라를 보고 화들짝 놀랄 수밖에 없었다.

아직 밤이 흐트러놓지 않고 있던 무더위는 참기가 힘들 정도였고, 모두가 시원한 공기를 꿈꾸고 있었다. 방들의 천장은 낮았고, 많은 방들에는 거의 가구가 없었다. 우리에게는 남쪽에 면한 방 하나가 주어졌다. 그 방에는 두 개의 간이침대와 옷장 하나, 은으로 된 대야와 물주전자가 하나씩 있었다. 바닥은 흙으로 되어 있었다.

다음날 나는 서재로 갔다. 나는 칼라일의 전집들을 뒤져 그 아침, 그 고독 속으로 나를 이끌고 갔던 인류의 대변인 아나카르시스 쿨르츠에 관해 씌어진 부분을 찾아냈다. 저녁 식단과 똑같았던 아침식사를 마친 후 알레한드로 씨가 우리들에게 짓고 있던 건물 하나를 보여주었다. 우리는 확 트인 들판을 3, 4마일 정도달렸을 게다. 승마술이 형편없던 이랄라가 사고를 냈다. 관리인이 무표정한 얼굴로 한마디 했다.

「당신네 아르헨티나 사람들은 말에서 내리는 법에 정말로 능통한 것 같네요」

멀리서 공사장이 보였다. 20여 명 정도의 사람들이 곧 무너져 내릴 것처럼 보이는 원형경기장을 짓고 있었다. 사이사이로 하늘이 언뜻언뜻 엿보이던 건축장의 사다리들과 발판들이 기억에 떠오른다.

나는 두어 차례 가우초들과 이야기를 나누어보려고 했다. 그러나 나의 시도는 실패로 끝나고 말았다. 그들은 나름의 방식으로 자신들이 다른 사람들과 다르다는 것을 인지하고 있었다. 그들 사이에는 투박한 콧소리의 브라질식 스페인어가 통용되고 있었다. 의심할 바 없이 그들의 핏줄 속에는 원주민과 흑인의 피가 함께 흐르고 있었다. 그들은 체격이 단단하고 키가 작았다. 〈라 깔레도니아〉에 와서 나는 키가 큰 사람이 되어 있었다. 전에는 있을 수가 없었던 일이었다. 그들은 거의 모두가 허리가리개를 착용하고 있었고, 몇몇은 훌렁한 봄바차 바지를 입고 있었다. 그들은 에르난데스나 라파엘 오블리가도[6]의 작품에 나오는 고통당하는 주인공들과는 전혀 닮은 점이 없어 보였다. 토요일 밤에 마신 술의 잔재 때문에 그들은 쉽게 싸움질을 벌일 것처럼 보였다. 그들 주변에는 여자라고는 단 한 명도 없었을뿐더러 가우초의 대명사 같은 기타 소리도 들을 수가 없었다.

---

[6] 에르난데스는 보르헤스 전집에서 여러 차례 각주를 통해 언급한 바 있는 아르헨티나 시인이며 라파엘 오블리가도(1851-1920) 또한 아르헨티나의 시인이다. 두 사람 모두 〈가우초〉를 주제로 한 시들을 썼다.

나는 국경지대의 사내들 틈바구니에 끼어 있다는 것보다 알레한드로 씨가 보여준 완벽한 변화에 더 흥미를 느꼈다. 부에노스아이레스에서 그는 호감을 느끼게 하는 과묵한 신사였다. 라 깔레도니아에서 그는 자신의 조상들처럼 자신들 가계의 엄격한 족장으로 돌변했다. 그는 일요일 아침이면 단 한마디도 이해하지 못하는 일꾼들에게 성경을 읽어주곤 했다. 어느 날 밤, 아버지의 자리를 물려받은 젊은 나이의 관리인이 임시 일꾼 하나와 정규 일꾼 하나 사이에 칼싸움이 벌어졌다고 우리에게 알려왔다. 알레한드로 씨가 서두름 없이 잠자리에서 나왔다. 그가 싸움판으로 당도했고, 항상 착용하고 다니던 칼을 끄집어냈다. 그가 그것을 겁을 먹고 있는 듯한 관리인에게 넘긴 다음 두 개의 칼 사이를 가로막고 섰다. 나는 곧 그가 내리는 명령 소리를 들었다.

「칼을 버려」

그리고 역시 고요한 음성으로 덧붙였다.

「이제 악수를 하고 얌전히 굴어. 나는 내 농장에서 말썽이 일어나는 것을 원치 않으니까」

두 사람이 그의 말에 복종했다. 다음날 나는 알레한드로 씨가 관리인을 해고시켜 버렸다는 것을 알게 되었다.

나는 내게 엄습해 오는 고독을 느끼게 되었다. 나는 다시는 부에노스 아이레스로 돌아가지 못하게 되는 게 아닌가 하는 두려움에 사로잡히기 시작했다. 나는 페르난데스 이랄라 또한 같은 두려움을 느꼈는지 알지 못한다. 하지만 그는 아르헨티나로 돌아가면 무엇을 할 것인가에 대해 여러 차례 말하곤 했다. 나는 온세 광장 근처에 있는 후후이 가의 사자 석상들, 도시의 구석에 자리잡고 있는, 그러나 자주 가본 곳이 아니었던 어느 주점의 불빛이 그리웠다. 나는 항상 뛰어난 승마술사였다. 따라서 말을 타고 나가 먼 곳까지 달려갔다 오는 습관이 생기기 시작했다. 나는 아직도 내가 안장을 얹곤 했던 지금은 이미 죽었을 그 점박이 말을 기억한다. 어느 날 저녁인가 밤에는 브라질에 가 있기도 했다. 왜냐하면 국경이라는 게 단지 이정표로 구획해 놓은 선에 불과했기 때문이었다.

평소와 다를 바 없는 어느 날 밤, 알레한드로 씨가 다음과 같이 말했을 때 나는 이미 날짜를 세지 않는 습관에 익숙해져 있었다.

「자 일찍들 자도록 하지. 내일 선선할 때 길을 떠나야 하니까」

일단 강 아래쪽에 이르게 되자 나는 그리움과 함께 라 깔레도니아를 떠올릴 정도로 안도감에 사로잡혔다.

우리는 다시 토요일의 회합을 재개했다. 첫날 회합에서 트월이 발언권을 요청했다. 그가 늘 하던 그 화려한 수식의 웅변술로 〈인류 의회〉의 도서관은 단지 지침서들의 소장으로만 한정될 수 없고, 우리가 결코 도외시해서는 안 될 모든 국가와 모든 언어의 고전들이야말로 진실된 기록물이라고 말했다. 그의 제안이 즉석에서 가결되었다. 페르난데스 이랄라와 라틴어 교수인 크루스 교수가 필요한 작품들을 선정하는 임무를 받아들였다. 트월은 이미 이 문제에 대해 니에렌스타인과 얘기를 나눈 뒤였다.

그 당시 유토피아로 꿈꾸고 있는 곳이 프랑스의 파리가 아닌 아르헨티나인은 단 한 사람도 없었다. 아마 우리들 중 그것에 가장 열광적이었던 사람은 페르민 에구렌이었을 거다. 페르난데스 이랄라는 다른 이유에서 그의 뒤를 쫓고 있었다. 「대리석 기둥」의 시인인 페르난데스 이랄라에게 파리는 베를렌이자 르꽁프뜨 리슬이었다.[7]

---

7) 베를렌(1844-1896)과 르꽁프뜨 리슬(1818-1894)은 프랑스의 시인들.

에구렌에게 파리는 후닌 거리의 연장선상에 있는 보다 나은 사창가였다. 나는 그가 트윌과 모종의 묵계를 한 게 아닌가 하는 의심이 들었다. 다음 회합에서 트윌이 우리 의회에서 사용할 언어와, 정보를 수집하기 위해 런던과 파리로 보낼 두 대표를 선정하자고 제안했다. 그는 공평한 척하려고 먼저 나를 지목하고서는 약간 주저한 다음 자신의 친구인 에구렌의 이름을 들었다. 알레한드로 씨는 언제나처럼 그것에 이의를 달지 않았다.

나는 앞에서 이미 내가 이태리어를 몇 시간 가르쳐주는 대신 위렌이 내게 그 지리한 영어 강좌를 시작했다는 것을 밝혔다는 생각이 든다. 우리는 가능한 한 빨리 문법과 초보자를 위한 연습문제들을 끝마친 다음 곧바로 간결함을 요구하는 시로 들어갔다. 곧 나의 삶에 가득 차게 될 영어로 된 작품들 중 내가 처음 접하게 된 작품은 스티븐슨[8]의 「장송곡」이었다. 그 다음은 장엄한 18세기에 퍼시[9]가 내놓은 발라드 시들이었다. 나는 영국으로 떠나기 며칠 전 스윈번[10]의 현혹적인 시들을 접하게 되었다. 그것들을 읽고 나자 나는 마치 죄를 짓기나 한 사람처럼 이랄라의 알레한드리노[11]들이 과연 탁월하다고 할 수 있을까 하는 의심에 사로잡히기에 이르렀다.

1902년 1월 초순, 나는 런던에 도착했다. 나는 전에 전혀 본 일이 없는 나를 흥분시켰던 그 눈(雪)들의 촉감을 기억한다. 에구렌과 함께 여행을 하지 않아도 되었던 것은 다행한 일이었다. 나는

---

8) 스코틀랜드 출신의 영국 작가(1850-1894).
9) Thomas Percey(1729-1811) : 영국의 시인.
10) Charles Swinburne(1837-1909) : 영국의 시인.
11) 스페인 정형시의 일종으로 각 행이 14음절, 그리고 2연으로 된 시를 가리킨다.

대영제국 박물관 뒤에 있는 한 평범한 하숙집에 숙소를 정했다. 나는 아침 낮으로 그 박물관의 도서관에 가서 〈세계 의회〉에 값할 만한 언어에 대한 조사로 시간을 보냈다. 나는 국제어를 표방하는 에스페란토어——아르헨티나 시인 레오폴도 루고네스가 공정하고, 간단하고 경제적이라고 규정한——와, 동사와 명사를 변화시키면서 모든 언어학적 가능성을 포괄하고자 하는 볼라퓌어[12] 또한 그냥 넘겨버리지 않았다. 나는 라틴어의 복원에 관한 찬반양론에 대해 심사숙고해 보는 것 또한 잊지 않았다. 수세기 동안 끊이지 않고 계속되어 온 그 언어에 대한 향수. 나는 존 윌킨스의 분석적 언어에 대한 연구에도 많은 시간을 할애했다. 그의 분석적 언어에 따르면 각 단어의 의미는 그것을 구성하는 문자들 속에 들어 있다. 내가 베아트리스를 만나게 된 것은 열람실의 둥근 꼭대기 방이었다.

이 이야기는 알레한드로 페리, 즉 나의 이야기가 아닌 〈세계 의회〉에 관한 일반적인 역사이다. 그러나 마치 모든 역사가 그러듯 후자는 전자의 양식 속에 스며들어 있게 마련이다. 베아트리스는 키가 크고, 늘씬하고, 우아한 몸매에 트월의 우중충한 머리빛깔을 떠올리게 만들었을 법한데 결코 그렇지 않았던 빨간 머리를 가지고 있었다. 그녀는 20세가 채 안 된 나이였다. 그녀는 대학에 다니기 위해 북부의 한 군에서 유학온 여학생이었다. 그녀의 가문은 나처럼 평범했다. 그 당시 부에노스 아이레스에서 이태리 혈통을 가졌다는 것은 멸시의 대상이었다. 허나 런던에서 나는 이태리인이 많은 사람들에게 낭만의 상징처럼 비친다는 사

---

[12] 1879년 실러가 제창한 국제어.

실을 알게 되었다. 며칠 밤의 데이트 끝에 우리는 연인이 되었다. 나는 그녀에게 청혼을 했다. 그러나 베아트리스 프로스트는 마치 노라 에르프조드처럼 입센이 제창한 신앙의 신봉자였기 때문에 그 누구에게도 구속당하는 것을 싫어했다. 그녀의 입으로부터는 내가 감히 되풀이해 말할 수 없는 그런 말들이 흘러나오곤 했다. 오 밤들, 오 함께 나누던 감미로운 어둠, 오 마치 비밀의 강처럼 어둠 속을 흐르던 사랑, 오 우리 한 사람 한 사람이 바로 둘이었던 그 행복했던 순간, 오 순수함과 순박함으로 가득 찬 행복했던 순간, 곧 잠으로 빠져들기 위해 우리가 빠져들어 갔던 그 결합의 순간, 오 여명과 그것을 응시하던 나.

  브라질의 거친 국경지대에서 나는 향수병에 시달려야 했었다. 그러나 내게 수많은 것을 가져다주었던 런던의 붉은 미로에서는 그렇지 않았다. 나는 출발을 늦추려고 둘러댄 많은 핑계에도 불구하고 연말쯤 고국으로 되돌아와야 했다. 그러기 전 우리는 함께 크리스마스를 보냈다. 나는 그녀에게 알레한드로 씨가 〈의회〉의 구성원으로서 그녀를 초빙하게 될 거라고 장담했다. 그녀는 약간 머뭇거리는 어조로 자신은 항상 남반구를 방문하고 싶었고, 치과의사인 자신의 사촌이 타스마니아[13]에서 치과병원을 하고 있다고 말했다. 베아트리스는 부두에 나오려고 하지 않았다. 그녀가 이해하는 바에 따르면 작별이란 지나치게 극적이고, 불행의 의미 없는 축제이고, 그녀는 극적인 것을 싫어했기 때문이었다. 우리는 지난 겨울 우리가 처음 만났던 그 도서관에서 작별을 했다. 나는 소심한 사내이다. 나는 편지를 기다리는 초조감에 시달

---

13) 오스트레일리아의 섬 이름.

리지 않기 위해 그녀에게 내 주소를 남기지 않았다.

　귀향길은 처음 왔던 때보다 덜 걸렸지만 추억과 가슴앓이로 짓눌린 대서양 횡단은 너무 길게 느껴졌다는 게 생각난다. 나의 삶과 평행선을 그리며 베아트리스의 삶이 매초, 매밤 그렇게 지나갈 거라는 생각만큼 나를 고통스럽게 만드는 것은 없었다. 나는 장문의 편지를 한 통 썼다. 그러나 배가 몬테비데오를 출항하던 날 그것을 찢어버렸다. 나는 어느 화요일에 아르헨티나에 도착했다. 선창에는 이랄라가 마중나와 있었다. 나는 칠레 가에 있는 나의 옛 하숙집으로 돌아갔다. 그날과 다음날 나는 그와 얘기를 나누고 긴 산책을 했다. 나는 다시 부에노스 아이레스에 적응되기를 바랐다. 페르민 에구렌이 여전히 파리에 머물고 있다는 것은 내게 하나의 위안이었다. 그가 어떤 식으로든 나의 긴 부재를 악용하기 전에 내가 먼저 돌아왔다는 사실 때문이었다.

　이랄라는 의기소침해 있었다. 페르민은 유럽에서 엄청난 돈을 탕진하고 있었고, 한 차례 이상 귀국하라는 지시를 어기고 있었다. 그것은 예견된 일이었다. 나는 다른 소식들 때문에 더욱 혼란에 빠지고 말았다. 트월은 이랄라와 끄루스의 반대에도 불구하고 조카 플리니[14]를 전면에 내세우고 있었던 것이다. 조카 플리니에 따르면 그 어떤 장점도 가지고 있지 않는 나쁜 책이란 결코 없다. 그런 논지 하에서 그는 대중없이 영인본 일간신문, 여러 판본의 3, 400권에 달하는 『돈키호테』, 발메스[15]의 서간문, 대학의 학위논

---

14) 로마의 자연학자로 유명한 플리니(23-79)의 조카로 『서간』 등의 중요한 저서를 남겼고, 6년에 태어나 114년에 사망한 것으로 알려져 있다.
15) 스페인의 철학자 하이메 발메스 Jaime Balmes(1810-1848)를 가리키는 것 같다.

문들, 장부들, 회람들, 극장 프로그램 따위의 구입을 제안했던 것이다. 「모든 것이 증언이 될 수 있는 거지」 하고 그는 말했다. 니에렌스타인이 그를 지지했다. 알레한드로 씨는 〈세 차례의 시끌벅적한 토요일〉 끝에 그 제안을 승인했다. 노라 에르프조드는 이미 비서의 직책을 자진 사임한 뒤였다. 그녀의 자리를 새로운 회원이자 트윌의 대리인인 칼린스키가 대신 맡고 있었다. 거대한 짐꾸러미들이 정리되거나 목록이 작성되지도 않은 채 알레한드로 씨의 저택 뒷방들과 포도주 저장실에 쌓이기 시작했다. 7월 초, 이랄라가 1주일 동안 깔레도니아에 다녀왔다. 석수공들이 작업을 중단했기 때문이었다. 이유를 묻는 말에 관리인은 주인 나리가 그렇게 지시를 했고, 항상 내일을 위한 시간은 충분하다고 대꾸했다는 것이었다.

런던에서 나는 이제 쓸모가 없는 보고서 하나를 대략 작성했었다. 금요일, 나는 인사도 드릴 겸 그것을 건네려 알레한드로 씨에게 갔다. 페르난데스 이랄라가 나와 동행했다. 그때는 이른 저녁이었고, 차가운 남풍이 집안으로 스며들어 오고 있었다. 알시나 거리에 면한 앞문에는 세 마리의 말이 끄는 마차 한 대가 멈춰서 있었다. 안뜰에 짐을 부려놓곤 하던 등 굽은 사람들이 기억에 떠오른다. 트윌은 거만한 자세로 지시를 내리고 있었다. 그곳에는 마치 무엇인가를 암시하는 징조처럼 노라 에르프조드, 니에렌스타인, 끄루스, 도날드 워렌, 그리고 몇몇 다른 의회 의원들이 있었다. 노라가 팔로 내 목을 감더니 키스를 했다. 그녀의 포옹과 키스는 나로 하여금 다른 사람들을 상기토록 만들었다. 사람 좋고, 늘 유쾌한 깜둥이가 내 손에 입을 맞추었다.

한 방의 지하실로 뚫려 있는 네모난 바닥 문이 활짝 열려 있었다. 돌로 만든 층계는 어둠 속으로 가라앉아 있었다. 돌연 우리는 발자국 소리를 들었다. 우리는 눈을 가져가 확인하기도 전에 그가 알레한드로 씨임을 알았다. 그가 거의 뛰다시피하며 모습을 드러냈다.

그의 목소리가 전과 달랐다. 그 목소리는 우리들의 토요일 회합을 주재하던 그 느릿느릿한 목소리도, 칼싸움을 금지시키고 가우초들에게 성경을 읽어주던 봉건적 지주의 목소리도 아니었다. 그러나 그 두 목소리 중에서는 후자에 보다 가까웠다.

그가 누구에게도 시선을 돌리지 않은 채 명령을 내렸다.

「이 밑에 쌓아놓은 모든 짐을 끄집어내. 지하실에 단 한 권의 책도 남아 있지 않게 말이야」

그렇게 하기까지에는 거의 한 시간이 걸렸다. 우리들은 마당에 우리들 중 가장 키가 큰 사람보다 높게 책더미를 쌓았다. 우리들은 왔다갔다를 반복했다. 유일하게 꼼짝하지 않았던 사람은 알레한드로 씨였다.

이어 지시가 내려졌다.

「이제 이 짐더미에 불을 질러」

트윌의 얼굴이 백지장처럼 새하얗게 질려버렸다. 니에렌스타인이 탄식하듯 내뱉았다.

「내가 그토록 열정을 가지고 선정했던 이 값진 책들 없이 어떻게 〈세계 의회〉가 성사될 수 있단 말인가」

「세계 의회라고?」

알레한드로 씨가 반문했다. 그가 멸시에 가득 찬 웃음을 터뜨렸다. 나는 전에 그가 웃는 것을 한번도 본 적이 없었다.

그 파괴 속에는 신비스러운 기쁨이 깃들여 있었다. 불꽃이 파다닥 소리를 내며 타올랐고, 우리 모두는 벽 쪽으로 물러서거나 집 안으로 들어가야 했다. 어두움, 재, 타는 냄새는 마당에 머물렀다. 나는 타지 않고 땅바닥에 허옇게 남아 있던 몇 장의 종이들을 기억한다. 알레한드로 씨에게 사랑을, 젊은 여자들이 자주 나이 든 사람들에게 갖게 되는 그러한 사랑을 느끼고 있던 노라 에르프조드가 어떻게 된 영문인지도 모르면서 말했다.

「의장님이 다 뜻이 있어서 그러시는 거겠죠」

모든 것을 문학에 연관지어 생각하는 이랄라가 한마디 했다.

「각 세대는 그때마다 알렉산드리아의 도서관을 태워야 했지」[16)]

그 다음 계시가 우리에게 다가왔다.

「나는 내가 지금 당신들에게 말하고자 하는 것을 이해하기 위해서 꼬박 4년이라는 세월을 소비했어. 우리가 헌신했던 그 조직체는, 이제 이해가 되는데, 이 세계 전체를 포괄하는 거대한 거지. 그것은 쓰러져가는 농장의 오두막들 속에서 자기 도취에 빠져 있는 몇 무리의 떠버리들로 구성되는 게 아니야. 〈세계 의회〉는 태초에 시작되었고, 우리가 먼지가 될 때까지 계속될 거야. 그것에 속해 있지 않는 곳이란 아무 데도 없어. 〈의회〉는 바로 우리가 태워버렸던 책들이지. 의회는 시저의 군단들을 패퇴시켰던 깔레도니아 사람들이야. 의회는 잿더미 위의 욥(구약에 나오는 인물)이자 십자가 위의 예수야. 의회는 바로 매춘부들을 데려와 내 농장을 망쳐 먹었던 그 쓸모없던 젊은 녀석인 거야」

나는 참을 수가 없어 그의 말을 가로막으면서 끼여들었다.

「의장님, 저 또한 책임이 있습니다. 여기 의장님께 드리려고

---

16) 훙노 족의 침입으로 알렉산드리아의 도서관이 불태워졌던 것을 가리킨다.

작성이 끝난 보고서를 가져왔습니다. 그렇지만 저는 한 여자에 대한 사랑 때문에 영국에서 시간을 질질 끌고 당신의 돈을 마구 낭비했더랬습니다」

「나도 이미 그것을 짐작하고 있었지, 페리. 의회는 나의 소들이었지. 의회는 내가 팔았던 소들이었고, 더 이상 나의 소유가 아닌 광활한 땅들이었지」

공포에 질린 목소리 하나가 솟구쳐 나왔다. 트윌의 목소리였다.

「라 깔레도니아를 팔았다고 말씀하시려는 것은 아니겠죠?」

알레한드로 씨가 차분하게 말했다.

「그래, 나는 그 땅을 팔았어. 내게는 이제 단 한 줌의 땅도 남아 있지 않아. 그러나 파산했다 해도 나는 고통스럽지 않아. 왜냐하면 나는 깨닫게 되었으니까. 우리는 더 이상 서로 만나지 못하게 될 거야. 왜냐하면 의회는 더 이상 우리를 필요로 하지 않으니까. 허나 오늘 이 마지막 밤에는 우리 모두 진정한 의회를 보러 나가도록 하세나」

그는 승리감에 도취해 있었다. 그의 결단력과 신념이 우리를 압도했다. 아무도 단 한 순간조차도 그가 미쳤다고 생각하지 않았다.

광장에서 우리는 칸막이 없는 마차에 올라탔다. 나는 마부석의 마부 옆에 자리를 잡고 앉았다. 알레한드로 씨가 명령을 내렸다.

「마부 양반, 시내를 한 바퀴 돕시다. 아무 데나 우리를 데려다 주시오」

마차의 발판에 앉아 있는 깜둥이는 쉴새없이 미소를 흘리고 있었다. 과연 그가 무엇인가를 이해했던 것일까.

단어란 공유된 기억을 담고 있는 상징들이다. 이제 내가 들려주고자 하는 것은 단지 나의 기억뿐이다. 그 기억을 공유했던 사람들은 더 이상 이 세상 사람들이 아니기 때문이다. 신비론자들은 한 송이의 장미, 키스, 모든 새들이기도 한 한 마리의 새, 모든 별이자 태양인 하나의 태양, 한 항아리의 포도주, 어느 정원, 또는 성행위를 상징으로 끌어왔다. 이러한 은유들 중 그 어떤 것도 새벽의 문턱에 다다르자 우리를 지쳤어도 행복감에 휩싸이게 했던 그 황홀한 밤을 묘사하는 데 도움이 되지 않는다. 우리는 마차 바퀴와 말발굽이 자갈 위에서 덜거덕거리는 동안 거의 입을 열지 않았다. 동이 트기 전, 아마 말도나도나 리아추엘로[17]로 짐작되는 칙칙하고 더러운 물가에서 노라 에르프조드가 고음의 목소리로 패트릭 스펜스의 발라드 시를 음송했고, 알레한드로 씨가 낮고 가락이 맞지 않는 음성으로 몇몇 행을 따라 외웠다. 영어 단어들이었음에도 불구하고 나는 베아트리스에 대한 기억이 떠오르지 않았다. 내 뒤에서 트월이 중얼거렸다.

「나는 악을 행하고 싶었는데 역으로 선을 행하고 만 거야」

우리가 언뜻 보았던 어떤 무엇이 우리의 시야를 떠나지 않고 있었다. 레꼴레따 공동묘지의 빨간 담, 형무소의 노란 담, 막힌 거리의 구석에서 춤추고 있던 한 쌍의 남자들, 쇠울타리가 쳐진 검고 하얀 포석이 깔린 안마당, 철로변에 세워진 나무 울타리, 내 집, 시장, 그 끝을 알 수 없고 축축한 밤. 그러나 아마 다른 것이었을 수도 있었을 스쳐가는 그것들 중 그 어떤 것도 중요하지 않았다. 진정으로 중요한 것은 우리가 한 차례 이상 비아냥거리기도 했던 우리의 계획이 구체적으로, 그리고 비밀스럽게 존재했

---

17) 이상 부에노스 아이레스의 지역 이름.

고, 그것은 바로 세계이자 우리 자신이라는 사실이었다. 나는 커다란 희망 없이 여러 해 동안 그날 밤의 느낌을 찾아 헤맸던 것이리라. 나는 몇 차례 그것을 음악 속에서, 사랑 속에서, 희미한 추억들 속에서 다시 느꼈다고 생각하기도 했다. 그러나 단 한 차례 꿈속에서를 제외하고 그것은 결코 되풀이되지 않았다. 우리가 이러한 경험에 대해 그 누구에게도 입을 다물기로 맹세를 했을 때는 이미 토요일 아침이 되어 있었다.

나는 이랄라를 제외하고 이후로 그들 중 어느 누구도 만난 적이 없다. 그와 나는 〈의회〉에 관한 얘기를 입에 올리지 않았다. 무슨 말이 되었든 간에 그것은 신성모독이 될 것이기 때문이었다. 1914년, 알레한드로 씨가 세상을 떴고, 몬테비데오에 묻혔다. 이랄라는 한 해 전에 이미 세상을 뜬 뒤였다.

한 차례 리마 가에서 우연히 니에렌스타인과 마주친 적이 있었다. 우리는 모른 척 서로를 외면했다.

더 많은 것들이 있다

하워드 P. 러브크래프트를 추모하며

어스틴의 텍사스 대학에서 마지막 시험을 치르려는 순간 나는 삼촌 에드윈 아네트가 남미 대륙의 끝에서 동맥류로 세상을 떴다는 소식을 듣게 되었다. 나는 누군가가 죽었을 때 느끼는 그런 어떤 것을 느꼈다. 이제는 소용없는, 그에게 좀더 다정하게 굴었더라면 하는 후회감. 우리는 우리가 죽은 사람들과 얘기를 나누는 모두 죽어 있는 사람들이라는 것을 잊곤 한다. 나의 전공은 철학이다. 나는 부에노스 아이레스 근교 로마스 근처에 자리한 자신의 농장인 〈라 까사 꼴로라도〉에서 삼촌이 단 한 사람의 이름도 들먹이지 않고 철학의 멋진 난제들을 지적해 보였던 것을 기억한다. 후식으로 나오는 오렌지 하나가 나로 하여금 버클리의 이상주의에 파고들도록 만든 계기가 되기도 했다. 엘레아학파의 패러독스들을 조명하기 위해서 삼촌에게는 장기판 하나만 있으면 충분할 정도였다. 몇 년 후 삼촌은 내게 4차원적 공간의 현실을 증명해 보이려고 시도하고, 독자로 하여금 총천연색 육면체들의 복잡한 맞추기를 이용해 상상해 보도록 하는 힌튼의 논문들을 빌려 주게 된다. 나는 삼촌의 서재에서 우리가 쌓아올리곤 했던 프리즘과 피라미드들을 결코 잊지 못할 것이다.

삼촌은 엔지니어였다. 철도회사의 직책에서 은퇴하기 전 삼촌은 뚜르데라에 정착하기로 결정했다. 왜냐하면 그곳은 거의 시골에서와 같은 고독을 즐길 수 있도록 해줄 뿐만 아니라 부에노스아이레스 시에서도 가까웠기 때문이었다. 건축사가 삼촌의 가까운 친구였던 알렉산더 무이르였다는 것은 당연한 일이었다. 이 완고한 사람은 존 녹스[1]의 완고한 가르침을 따랐다. 반면에 삼촌은 당시의 많은 신사들처럼 자유사상가, 아니 보다 정확히 말해 불가지론(不可知論)자였다. 그럼에도 불구하고 그는 마치 힌튼의 비현실적인 정육면체들과 젊은 시절 웰스[2]가 경험했던 잘 짜여진 악몽들에 대해 그러했듯 신학에 대해 관심이 많았다. 그는 개를 좋아했다. 그는 자신의 머나먼 고향인 리치필드를 추억하기 위해 사무엘 존슨[3]이라는 별명을 붙여준 양치기 개 한 마리를 기르고 있었다.

라 까사 꼴로라다(울긋불긋한 집)는 서쪽으로 태양에 검게 그을린 들판과 면해 있는 언덕 위에 있었다. 쇠울타리의 안쪽에는 남양삼나무들이 칙칙한 분위기를 더욱 짙게 만들고 있었다. 그 집은 납작한 지붕 대신 슬레이트 타일 맞배지붕과 사각형 시계탑을

---

1) John Knox(1515-1572) : 스코틀랜드의 종교개혁가로 장로교파 선구자 중 하나.
2) Herbert George Wells(1866-1946) : 영국의 공상과학 소설가로서 대표작으로 『타임머신』 등이 있다.
3) Samuel Johnson(1709-1784) : 영국의 비평가이자 에세이스트.

가지고 있었다. 그것들은 벽과 투박한 유리창들을 짓누르고 있는 듯 보였다. 어린 소년이었기에 나는 마치 사람들이 단지 한꺼번에 존재하고 있기 때문에 세계라고 불리는 그 뒤죽박죽의 것들을 그냥 받아들이듯 그 모든 추한 것들을 받아들이곤 했다.

나는 1921년 고향집으로 돌아왔다. 그는 법적 소송을 피하기 위해 그 집을 경매에 부쳤다. 집은 맥스 프리터리어스라는 외국인에게 팔렸다. 그는 가장 높은 값을 부른 사람보다 갑절의 돈을 지불했다. 계약이 체결되자마자 그는 어느 날 오후에 두 명의 일꾼들을 데리고 와 뜨로빠스 대로에서 그리 멀지 않은 쓰레기 하치장에 모든 가구들과 모든 책들과 집안의 모든 식기들을 내버렸다. (나는 힌튼의 책들에 그려져 있던 도형들과 거대한 지구의를 슬프게 떠올린다.) 다음날 프리터리어스는 무이르를 찾아와 이야기를 나누었다. 그는 집을 조금 개축했으면 좋겠다고 말했고, 무이르는 화를 내며 그것을 거절했다. 결국 부에노스 아이레스에 있는 한 건축회사가 그 일을 맡았다. 지역의 목수들은 그 집에 다시 가구들을 설치하는 것을 거부했다. 마침내 글루 출신의 마리아나라고 하는 사람이 프리터리어스가 제시한 조건들을 받아들였다. 그는 문을 닫아놓은 채 15일 동안 밤에 일을 해야 했다. 라 까사 꼴로라다의 새로운 주인이 이사를 들어온 때도 밤이었다. 유리창은 더 이상 열리지 않았고, 단지 희미하게 흘러나오는 불빛만이 어둠 속에서 어른거릴 뿐이었다. 우유배달부가 어느 날 아침 보도에서 머리와 네 다리가 잘린 채 죽어 있는 양치기 개를 발견했다. 그해 겨울 남양삼나무들이 모두 파헤쳐졌다. 프리터리어스를 다시 보게 된 사람은 아무도 없었다.

짐작하겠지만 이러한 소식들은 나를 뒤숭숭하게 만들었다. 나는 나의 가장 특징적인 성격이 지나친 호기심이라는 것을 안다. 바로 그 때문에 나는 단지 그녀가 누구인지, 그녀가 어떤 여자인지 알기 위해, 아편복용을 실행해 보기 위해(기대했던 효과도 얻지 못한 채), 모든 경우의 수를 알아보기 위해, 내가 지금부터 말하고자 하는 것과 같은 무모한 모험을 수행하기 위해 나와는 전혀 거리가 먼 한 여자와 가까워지기도 했다. 불행하게도 나는 그 사건에 대한 조사를 하기로 마음 먹었다.

내가 첫번째로 해야 할 일은 알렉산더 무이르를 만나는 것이었다. 나는 그를 키가 크고 피부가 검은, 말랐지만 강단이 있어 보이는 사람으로 기억하고 있었다. 이제 세월이, 그의 허리는 굽고, 검었던 구레나룻 수염은 회색으로 변하도록 만들어놓고 있었다. 그가 템필리에 있는 자신의 집에서 나를 맞이했다. 예견했던 대로 그의 집은 삼촌의 집과 비슷했다. 왜냐하면 두 집 모두가 좋은 시인이자 형편없는 건축가였던 월리엄 모리스의 완고한 기준을 따르고 있었기 때문이었다.

대화는 듬성듬성 이루어졌다. 무엇보다도 독설은 스코틀랜드의 상징과도 같다. 그럼에도 불구하고 톡 쏘는 실론 차와, 똑같은 크기로 나눈 핫케 요리(주인은 그것을 반으로 잘랐고, 마치 내가 아직 어린애인 것처럼 그것에 버터를 발라주었다)는 사실 친구의 조카에게 대접하기에는 지나치게 검소한 칼빈주의적 식사였다. 그와 나의 삼촌 사이에 가로놓여 있던 신학적 차이점은 각자 상대의 협조가 요구되는 긴 장기 게임과 같았다.

시간이 흘러갔으나 나는 묻고 싶은 얘기의 근처에도 가지 못하고 있었다. 어색한 침묵이 흘렀고, 이윽고 무이르가 말했다.

「젊은 친구──그가 말했다──자네 삼촌 에드윈이나 내가 전혀 관심이 없는 미국에 대해 이야기하려고 이 먼 길을 온 것은 아니겠지. 자네가 알고 싶은 것은 라 까사 꼴로라다를 판 일과 그것의 기이한 새주인에 관한 거겠지. 나도 마찬가지네. 솔직히 말해 그 얘기는 별로 달가운 게 아니지만 내가 할 수 있는 만큼 해주도록 하겠네. 물론 길지는 않겠지만」

잠시 후 그가 서두름 없이 얘기를 시작했다.

「에드윈이 죽기 전 시장이 자신의 집무실로 나를 불렀지. 그는 교구 신부와 함께 있었어. 그들은 내게 성당 건축을 위한 설계를 해달라는 거야. 보수는 상당할 거라며. 나는 즉각 못하겠다고 대답했지. 나는 하느님의 종으로서 우상을 섬기는 제단을 세우는 혐오스러운 짓은 못하겠다고」

그가 여기서 말을 멈추었다.

「그것으로 얘기가 끝인가요?」

나는 감히 물었다.

「아니. 프리테리어스인가 하는 그 유태인 작자가 내 작품을 허물어뜨리고 그곳에 소름끼치는 것을 짓기를 원하는 거야. 혐오감이란 여러 형태를 띠고 오는 법이더군」

그는 침중한 어조로 그 말을 내뱉으면서 자리에서 일어서 버렸다.

길 모퉁이를 돌다가 나는 다니엘 이베라와 마주쳤다. 우리는 시골 마을에서 모두가 서로를 알고 있듯 그렇게 서로를 알고 있었다. 그가 내게 함께 뚜르데라에 가보지 않겠느냐고 제안했다. 나는 깡패들을 별로 좋아하지 않았고, 주막에서 흔히 듣는 다소 전형적이고 잔인한 지저분한 얘기를 하겠거니 하는 생각이 들었다. 그렇지만 나는 에라 모르겠다 생각하고 그의 제안을 받아들였다. 날이 거의 어두워지고 있었다. 몇 블록 저쪽에서 높이 치솟아 있는 라 까사 꼴로라다가 어른거리고 있었다. 이베라가 샛길로 들어섰다. 나는 왜 그러느냐고 물었다. 그의 대답은 내가 기대했던 것과는 판이했다.

「나는 펠리페 씨의 오른팔이지. 아무도 나를 별 볼일 없는 놈으로 치부한 적은 없었어. 자네 나를 찾아 메를로에서 여기까지 먼 길을 왔던 그 우루고이띠라는 젊은 친구와 그 친구가 어떠했는지를 기억할 거야. 들어봐. 며칠 전 밤에 파티에 갔다가 돌아오던 길이었어. 저 집에서 몇백 미터 떨어진 곳에서 무엇인가를 보게 된 거야. 말이 놀라 앞발을 들어올렸고, 만일 내가 고삐를 꼭 붙들고 샛길로 말머리를 돌리지 않았다면 나는 지금 이 이야기를 하지 못하게 되었을지도 모를 일이지. 말이 그렇게 기겁을 했던 게 내가 무엇을 보았던 것인지 확인을 해준 거지」

무척 화가 난 듯 그가 끝에 욕 한마디를 덧붙였다.

그날 밤, 나는 잠을 이루지 못했다. 새벽녘에 나는 전에 결코 본 적이 없는, 또는 보았으나 잊어버린, 미로를 뜻하는 피라네시[4]풍으로 된 한 건축물의 꿈을 꿨다. 그것은 주변에 사이프러스나무들이 심어져 있는 원형건물이었다. 그 높이는 사이프러스나무들의 키를 넘어서고 있었다. 문도 창문도 없었는데 대신 가로로 좁은 균열들이 수없이 나 있었다. 나는 망원경을 가지고 안의 미노타우루스[5]를 보려고 애를 썼다. 마침내 나는 그것을 볼 수 있었다. 그

---

4) Piranesi(1720-1778) : 이태리의 건축가이자 조각가. 그의 아들 프란시스코 피라네시 또한 조각가였다.
5) 그리스 신화에 나오는 인물로 미로의 궁전 한가운데 사는 소와 사람의 형상을 함께 가진 존재.

것은 괴물 중의 괴물이었고, 그것은 황소라기보다는 들소에 가까웠다. 인간의 형상을 취하고 있는 그것의 몸체는 바닥에 축 늘어져 있었다. 그는 잠을 자면서 꿈을 꾸고 있는 것 같았다. 그는 무엇을, 누구를 꿈꾸고 있는 걸까?

그날 오후 나는 라 까사 꼴로라다 앞을 지나갔다. 철제 대문은 닫혀 있었고, 몇 개의 쇠막대들은 휘어져 있었다. 한때는 정원인 듯했던 곳은 잡초로 뒤덮여 있었다. 오른쪽으로는 가느다란 개천이 흐르고 있었고, 가장자리는 허물어져 내려앉아 있었다.

이제 내게는 실행에 옮기지 못하고 며칠간 머뭇거리고 있던 한 가지 일밖에 남아 있지 않았다. 나는 모든 것이 쓸모없는 짓이라고 느꼈을 뿐만 아니라 피할 수 없는 행위, 즉 최후의 행위로 나를 끌고 갈 것이라는 생각 때문에 그것을 연기하고 있었던 것이었다.

나는 큰 기대 없이 글루로 갔다. 목수인 마리아니는 뚱뚱하고, 얼굴이 불그죽죽하고, 평범하고, 친절한 이태리인이었다. 그는 상당히 나이가 든 사람이었다. 그를 한번 본 것만으로 나는 전날 밤에 세웠던 계책을 백지로 돌리기에 충분했다. 나는 그에게 나의 명함을 내밀었다. 그는 〈박사〉라는 명칭에 이르러 황송하다는 듯 더듬거리면서 명함의 글자들을 큰소리로 거창하게 읽어 내려갔다. 나는 그에게 전에 내 삼촌의 소유였던 뚜르데라에 있는 집을 위해 그가 만들었던 가구에 대해 물어볼 게 있다고 말했다. 그가 말을 하고, 또 했다. 나는 그가 했던 몸짓 섞인 말들의 홍수를 그대로 옮기지는 않을 것이다. 그러나 그는 그게 아무리 기이한 것이라 할지라도 고객의 모든 요구를 충족시켜 주는 게 자신의 직업 강령이고, 자신은 고객이 요구하는 것을 문자 그대로 행동에 옮겼다고 말했다. 그가 서랍들을 샅샅이 뒤진 후에 내가 전혀 이해할 수가 없었던 종이 몇 장을 꺼내 보여주었다. 그 서류에는 교활한 프리터리어스의 서명이 들어 있었다(목수는 나를 변호사로 착각하고 있는 게 틀림없었다). 작별인사를 하면서 그는 세상의 모든 금을 다 준다 해도 다시는 뚜르데라에, 더욱이 그 집에는 발을 들여놓지 않겠다고 말했다. 그는 고객이란 신성한 존재이지만 자신의 소박한 견해에 따르면 프리터리어스 씨는 미친 사람에 틀림없다고 덧붙였다. 그런 다음 괜히 그 말을 했다는 생각이 들었는지 입을 다물어버렸다. 나는 더 이상 그로부터 어떤 정보도 얻어낼 수 없었다.

이러한 실패는 내가 미리 예견했던 것이었다. 그러나 무엇을 예견하는 것과 실제로 일어나게 되는 것은 서로 다른 영역에 속한다.

나는 시간, 어제와 오늘과 미래와 영원과 무의 시간이 가진 그 무한한 책략에 버금갈 만한 비밀은 없다고 여러 차례 중얼거리곤 했다. 그럼에도 이러한 깊은 사색은 쓸모없는 짓이라는 게 판명되었다. 나는 오후 전체를 쇼펜하우어 또는 로이스[6]의 연구에 바친 뒤 며칠 밤 동안 까사 꼴로라다 근처에 나 있는 흙먼지 길을 배회하곤 했다. 몇 차례 집의 위층에서 흰 불빛이 흘러나오고 있는 것을 보기도 했다. 또 몇 차례는 신음 소리를 들은 것 같기도 했다. 그렇게 날이 가고 1월 19일이 되었다.

여름 기후[7]에 의해 협박당하고 모욕을 당한 것 같은 느낌뿐만 아니라 전락해 버린 것 같은 느낌마저 들게 만드는 그런 부에노

---

6) Josiah Royce(1855-1916) : 미국의 철학자.
7) 부에노스 아이레스는 1월이 여름이다.

스 아이레스의 어느 날이었다. 태풍이 몰아닥친 것은 아마 밤 11시였을 것이다. 먼저 남풍이 몰아닥치고 그런 다음 장대비가 쏟아지기 시작했다. 나는 나무를 찾아 헤매기 시작했다. 그러다가 번개 불빛에 나는 내가 그 집의 울타리에서 몇 발자국 떨어지지 않은 곳에 와 있다는 것을 알게 되었다. 두려움 때문인지 기대 때문인지는 몰라도 나는 문을 밀쳐보았다. 전혀 예기치 않게 문이 열렸다. 나는 폭풍에 떠밀려 앞으로 전진했다. 하늘과 땅이 나를 위협하고 있었다. 집의 문 또한 반쯤 열려져 있었다. 한 무더기의 빗물이 나의 얼굴을 때렸고, 나는 안으로 들어갔다.

안의 바닥 타일들은 깨져 있었다. 나는 뒤덮여 있는 잡초들 위로 걸음을 내딛었다. 달콤하고, 구역질을 일게 만드는 어떤 냄새가 집안을 가득 메우고 있었다. 오른쪽인지 왼쪽인지 확실치 않지만 나는 돌계단에 걸려 넘어지고 말았다. 나는 재빨리 일어섰다. 거의 더듬다시피해서 나는 전등의 스위치를 켰다.

가운데 벽이 무너져 있는 나의 기억 속에서의 식당방과 서재는 한두 개의 가구만 덩그마할 뿐 텅 빈 방이나 다름없었다. 나는 그것들을 자세히 묘사하려고 하지는 않겠다. 왜냐하면 불이 환히 적나라하게 켜져 있음에도 불구하고 내가 그것들을 정말로 보았었는지 확신이 서질 않기 때문이다. 설명을 하겠다. 어떤 사물을 본다는 것은 그것을 이해한다는 것을 뜻한다. 흔들의자는 사람의 몸, 관절들과 사지를 연상케 한다. 그와 마찬가지로 가위는 자르는 행위를. 등 하나, 또는 자동차에 대해서는 뭐라고 말할 수 있을까? 야만인은 선교사의 성경을 이해하지 못한다. 여행자들은 선원들이 보는 것과 똑같이 밧줄들을 보지 못한다. 만일 우리가 진정으로 세계를 보았다면 우리는 그것을 이해할 수 있어야 한다.

그 밤이 내게 제공한 무의미한 형상들 중 인간의 형상, 또는 납득이 가는 사용법을 연상케 하는 것은 하나도 없었다. 나는 거부감과 공포를 느꼈다. 나는 한 구석에서 위층으로 연결되어 있는 수직 사다리를 하나 발견했다. 채 10개가 넘지 않는 널찍한 사다리 발들 사이의 간격은 일정치가 않았다. 인간의 손과 발을 암시하는 이 사다리는 이해가 가능했고, 일견 그것은 내게 안도감을 느끼게 해주었다. 나는 불을 끈 뒤 어둠 속에서 잠시 멈춰서 있었다. 미세하기 그지없는 소리조차 들려오지 않았다. 그러나 이해할 수 없는 사물들의 현존은 나를 불안스럽게 만들어놓았다. 마침내 나는 결심했다.

이미 위층으로 올라온 나의 떨리는 손이 다시 불의 스위치를 올렸다. 아래층에 드리워져 있던 악몽이 위층에서도 다시 살아나 만개하기 시작했다. 그곳에도 많은 사물들이 있었지만 서로 전혀 연계가 되어 보이지 않았다. 문득 매우 높고 U자형에, 가장자리에 둥근 구멍이 뚫려 있던 일종의 길다란 수술용 탁자가 기억에 떠오른다. 나는 그것이 집주인의 침상일 거라는 생각을 했다. 그것은 마치 어떤 짐승이나 신의 그림자처럼 그 주인이 가진 기괴스러운 해부학적 구조를 은밀한 방식으로 드러내 보여주고 있었다. 몇 년 전에 읽었다가 망각에 묻혀 있던 「누가복음」의, 내가 나중에 보게 될 것을 의미하면서도 그렇다고 꼭 그것을 가리킨다고 할 수는 없는 〈쌍두(雙頭)뱀〉이라는 단어가 입에서 저절로 중얼거려졌다. 나는 또한 위의 침침한 어둠 속에 묻혀 있던 V자형의 거울이 기억난다.

이곳의 주인은 어떤 모습을 하고 있을까? 그는 우리에게 그러는 만큼 자신에게도 그러할 이 비밀투성이의 세계에서 무엇을 찾고 있는 것일까? 우주의 어떤 먼 곳, 또는 어떤 먼 시간으로부터, 얼마나 오래되고 이제는 셀 수조차도 없는 어느 새벽으로부터 이 남아메리카의 교외에, 그리고 이 특별한 밤에 도착했단 말인가?

나는 혼돈 속으로 어떤 침입자가 들어오는 것을 느꼈다. 밖에서는 비가 그쳐 있었다. 나는 손목시계를 보았고, 놀라웁게도 거의 두시가 다 되어 있다는 것을 발견했다. 나는 불을 그대로 켜둔 채 조심스럽게 아래로 내려가기 시작했다. 내가 올라왔던 그 길을 따라 집주인이 돌아오기 전에 내려가는 것은 불가능했다. 나는 어떻게 닫아야 할지 모르기 때문에 내가 문을 닫지 않았던 것 같다는 생각이 들었다.

나의 다리가 사다리의 마지막 두번째 칸을 내딛는 순간 느리고 둔중하고 두 개로 갈라져 있는 어떤 것이 돌계단을 올라오는 것을 느꼈다. 호기심이 공포를 이겼고, 그래서 나는 눈을 감지 않았다.

〈30〉 교파

　원본은 리덴대학교의 도서관에서 찾아볼 수 있다. 그 원고는 라틴어로 되어 있다. 그러나 몇몇 헬레니즘적 표현법으로 보아 그리스어에서 번역한 것이 아닌가 하는 추측이 들도록 만든다. 리스갱에 따르면 그것은 기원후 4세기에 씌어진 것이다. 기본[1]은 자신의 『쇠퇴와 멸망』이라는 책의 15장에 나오는 주석에서 간략하게 그것에 대해 언급하고 있다. 익명의 저자는 이렇게 적고 있다.
　〈……그 교파는 결코 거대하지 않았고, 이제 남은 신도 수는 얼마 되지 않는다. 참수형과 화형으로 많은 동료 신도들을 잃었던 그들은 길가나 전쟁이 미처 할퀴고 가지 않은 폐허에서 잠을 잔다. 왜냐하면 그들에게는 주거지를 짓는 게 금지되어 있기 때문이다. 그들은 거의 발가벗은 채 방랑을 한다. 내가 기록하고자

---

1) Edward Gibbon(1737-1794) : 영국의 역사가.

하는 사실들은 우리 모두가 알고 있는 것들이다. 여기서의 내 목적은 그들의 교리와 관습에 대해 알게 된 것을 기록으로 남겨두고자 하는 데 있다. 나는 그 교파의 선생들과 장시간 토론을 벌였지만 그들을 주 하느님의 신앙으로 개종시키는 데는 성공하지 못했다.

가장 먼저 내 주의를 끈 것은 그들이 죽은 사람들과 관련해 가진 생각들의 다양성이다. 가장 무지한 사람들은 이 세상을 하직한 사람들의 영혼이 자신들의 시체를 묻는다고 생각한다. 성경 말씀을 문자 그대로 받아들이지 않는 어떤 다른 사람들은 예수의 설교를 예로 들어 말한다. '죽은 자들로 하여금 죽은 자들을 묻도록 하라'는 것은 우리의 장례 예절이 가진 번지레한 허황됨을 비웃고자 하는 것에 다름아니라고.

모든 신도들은 자신이 가지고 있는 것을 팔아 가난한 사람에게 나누어주라는 설교를 준수한다. 맨 먼저 이 혜택을 받은 사람들은 그것을 다른 사람들에게 주고, 그들은 그것을 다시 또 다른 사람들에게 준다. 이것만으로, 거의 천국의 상태에 가까워져 있다고 볼 수 있는 그들의 가난과 발가벗고 사는 삶에 대한 충분한 설명이 되리라. 그들은 열광적으로 다음 구절을 반복해 말하곤 한다. '까마귀를 보아라. 그들은 씨를 심지도 추수를 하지도 않고, 곳간도 창고도 없는데 하느님이 그들을 먹여 살리시지 않느냐. 헌데 하느님에게 너희들은 그 새들보다 얼마나 더 가치 있는 존재들이냐?' 가르침은 모든 저축을 금지한다. '오늘은 들에 살아 있다가 내일 아궁이 속으로 들어가는 들풀조차도 하느님이 그렇게 입히시거늘, 믿음이 적은 자들아, 하물며 너희들에게는 어떻게 하시겠느냐? 그러므로 너희들은 무엇을 먹을까, 무엇을 마실

까 찾지도 말고, 근심하지도 말아야 할지니라.'

'음란한 눈으로 한 여자를 바라보는 사람은 이미 마음속으로 그 여자와 간음한 것과 같다'는 성경 말씀은 순결을 위한 절체절명의 충고이다. 그럼에도 불구하고 하늘 아래 한 여자를 음란한 눈으로 보지 않는 사람은 없고, 따라서 간통을 범하지 않는 사람은 단 하나도 없다고 가르치는 신도들이 다수에 이른다. 마음의 욕망은 행위에 못지않은 죄이므로 올바른 자들도 쉽사리 엄청난 음란의 행위 속에 빠져들어갈 수 있다.

이 교파는 교회 건물을 기피한다. 장로들은 야외에서, 언덕이나 담의 꼭대기에서, 또는 이따금 물가에 대어놓은 배 위에서 설교를 한다.

이 교파의 명칭은 그치지 않는 추측들을 불러일으켰다. 어떤 추측에 따르면 마지막까지 남을 가장 신실한 자의 숫자가 30이라는 것이다. 이 추측은 이 교파가 지나치게 경직된 교리를 가지고 있어 자연스럽게 도태되어 버릴 것이기 때문에 일견 우스꽝스러우면서도 계시적인 성격을 띠고 있다. 또 다른 추측은 그 해답을 30큐빗(12-14m 정도)에 이르렀던 방주의 높이에서 찾는다. 또 다른 추측은 천문학을 의도적으로 뒤틀어놓은 것으로서 음력에서 한 달간 밤의 숫자는 30이라는 데에서 찾는다. 또 다른 추측은 구세주가 세례를 받았을 때의 나이인 30에서 그 해답을 찾는다. 또다른 추측은 아담이 붉은 진흙에서 몸을 일으킨 때의 나이인 30에서 찾는다. 수탉의 머리와, 인간의 팔과 몸통, 비비 꼬인 뱀의 꼬리를 가진 압락사스가 포함된 30의 신, 또는 왕관 또한 앞의 것들에 못지않은 거짓된 추측이다.

나는 '진실'을 알고 있지만 '진실'을 언어로 표현할 수가 없다. 그것을 다른 사람에게 전달할 수 있는 무한한 가치의 은혜가 내게는 주어지지 않았다. 나보다 더 많은 은혜를 받은 다른 사람들이 언어를 가지고 이 교파의 신도들을 구원할 수 있으리라. 언어를 가지고, 또는 성령을 통해. 자살을 하는 것보다 처형을 당하는 게 보다 값진 일이다. 따라서 나는 그 혐오스러운 이단에 대한 설명으로 내 자신을 한정하고자 한다.

'말씀'은 자신을 십자가에 매달고, 또한 자신에 의해 구원을 받게 될 사람들 중의 사람이 되기 위해 육신으로 화하였다. 그는 '사랑'의 복음을 전파하는 것뿐만 아니라 순교를 당하기 위해 선택된 백성 중 한 여인의 뱃속에서 태어났다.

사건들은 기억되어야 한다. 이 세상 마지막 날까지 인간들의 가슴을 울리기 위해서는 단지 칼 또는 사약으로 내린 한 인간의 죽음만으로는 불충분하다. 주님은 그것들을 극적인 방법으로 준비해 놓으셨다. 최후의 만찬, 배신을 예언하는 예수의 말씀, 끊임없이 제자들 중의 한 사람을 가리키는 행위, 빵과 포도주에 대한 축복, 베드로의 맹세, 겟세마네 동산에서의 고독한 기도, 열두 제자의 잠, 신의 아들이 드리는 인간적인 기도, 피를 방불케 하는 땀, 칼들, 배신의 표징인 입맞춤, 손을 씻는 빌라도 총독, 채찍질, 모욕, 가시관, 자줏빛 망토와 갈대로 만든 홀(笏), 쓸개즙을 탄 식초, 언덕 위에 높이 세워진 십자가, 착한 도적에게 주는 약속, 진동하는 땅과 깜깜한 하늘이 바로 그것들이다.

내가 수많은 빚을 지고 있는 하느님의 자비심은 나로 하여금 그 교파의 이름이 가진 진실되고 신비스러운 이유를 간파하도록 만들어주셨다. 십중팔구 그 교파가 탄생했던 게 틀림없는 케리오스에서는 '서른 개의 동전'이라는 비밀 교파가 잔존하고 있다. 그것은 옛 이름이지만 바로 그것이 해답을 가져다준다. '십자가'──나는 당연히 그래야 할 경외심을 가지고 이 용어를 쓰고 있다──의 비극 속에는 자발적인 배우들과 비자발적인 배우들이 있다. 어찌됐든 간에 그들 모두는 필수불가결하면서도 동시에 숙명적이다. 비자발적인 배우들은 은화를 건네준 제사장들이고, 비자발적인 배우들은 바라바스를 풀어달라고 외친 군중들이고, 비자발적인 배우는 유태의 총독이고, 비자발적인 배우들은 예수의 순교를 위한 십자가를 세우고, 못을 박고, 예수의 옷을 놓고 제비뽑기를 했던 로마의 군인들이다. 자발적인 배우는 단 둘뿐이다. 예수와 유다. 유다는 구원의 대가인 은화 30냥을 버린 뒤 곧바로 자신의 목을 맸다. 그 당시 그는 '사람의 아들'처럼 서른세 살의 나이였다. 이 교파는 예수와 유다 모두를 경배하고, 다른 모든 사람들을 용서한다.

죄를 지은 사람은 단 하나도 없다. 의식적이었건 무의식적이었건 '하늘의 섭리'가 마련한 계획에 참여하지 않는 사람은 아무도 없다. 이제 모두가 그 '영광'을 함께 나누고 있다.

또 다른 혐오스러운 것을 쓰려고 하는 것 때문에 내 손은 떨리고 있다. 그들은 스승들의 예를 따르기 위해 정해진 나이가 되면 스스로 모욕을 당하도록 만들면서 언덕의 꼭대기에서 십자가에 매달린다. 이러한 제5계명의 위반은 인간과 하느님의 법이 항상 요구하는 바대로 엄중하게 종식되도록 만들어야 한다. 하늘의 저주가 내리기를, 천사들의 증오가 내리기를…….〉

원고의 마지막 부분은 발견되지 않았다.

은혜의 밤

  나는 이 이야기를 뻬에다드 구(區)의 외곽에 자리잡고 있는 플로리다 거리의 옛 아낄라 제과점에서 들었다.
  그때 우리들은 지식의 문제에 관해 토론을 벌이고 있었다. 누군가가 우리는 이미 전 세계에서 모든 것을 보았기 때문에 무엇인가를 안다는 것은 다시 안다는 것을 뜻한다는 플라톤의 이론을 들먹였다. 나의 어머니가 배우는 것은 다시 기억하는 것이고, 알지 못한다는 것은 사실 망각했다는 것이라는 말이 베이컨이 쓴 글에 나와 있다고 말했던 것 같다. 나이가 지긋한 좌중의 또 한 사람이 이런 유의 형이상학에 약간 혼란을 느낀 것인지 대화에 끼여들기로 마음 먹은 것 같았다. 그는 차분하고 확신에 찬 어조로 말했다.
  「나는 플라톤적인 전형들에 대해 전혀 이해를 못했던 게 사실이오. 아무도 처음 노란색이나 검정색을 보았던 때를, 처음으로 어떤 과일 맛을 보았을 때를 기억하지 못할 겁니다. 왜냐하면 아마도 너무 어렸을 것이고, 아주 길게 계속될 어떤 것을 처음 시작하고 있다는 것을 전혀 알 길이 없었을 것이기 때문이겠죠. 물론 사람들이 결코 잊지 못하는 첫 시작의 순간들이 있지요. 나는 자주 기억에 떠오르곤 하는 어떤 밤이 내게 남겨준 것에 대해 이야기해 드릴까 합니다. 그 날은 1874년 4월 30일이었습니다.

이전의 여름들은 무척 길었지요. 그렇지만 나는 왜 우리가 그토록 오래도록 로보스에서 얼마 떨어지지 않은 도르나 사촌의 농장에 머물러 있었는지 모르겠습니다. 당시 나는 일꾼들 중의 하나였던 루피노로부터 시골의 물정들에 대해 조금씩 배우기 시작하고 있던 때였죠. 나는 열세 살이 돼가고 있었지요. 그는 나보다 상당히 나이가 많았고, 싸움꾼으로 명성이 자자했지요. 그는 아주 능수능란한 사람이었지요. 칼싸움이 벌어지면 항상 얼굴에 칼자국을 가지게 되는 사람은 그의 상대방이었어요. 어느 금요일 그가 토요일 밤에 읍내에 나가 멋지게 놀아보지 않겠느냐고 제안을 하더군요. 나는 그것이 무엇을 뜻하는지 잘 모르면서도 당연히 좋다고 대답을 했지요. 나는 춤을 출 줄 모르는데 그래도 괜찮겠느냐고 물었습니다. 춤 같은 것은 금세 배울 수 있어, 하고 그가 대꾸하더군요.

토요일 저녁 식사를 마친 후 7시 30분경 우리는 출발했지요. 그는 파티에 가는 사람들이 그러하듯 근사하게 차려 입었더군요. 허리에서는 은으로 된 단도가 반짝이고 있었구요. 나는 괜히 놀림을 받을까봐 내 손칼은 가지고 나오지 않았지요. 얼마 가지 않아 첫번째 집들의 불빛들이 우리의 눈에 들어오기 시작하더군요. 당신들은 한번도 로보스에 가보신 적이 없나요? 상관없습니다.

왜냐하면 아르헨티나의 소읍들이란 대개가 거기서 거기니까요. 심지어 우리가 다른 곳과 틀리다고 생각하는 곳조차 말입니다. 똑같은 흙먼지 땅, 똑같은 텅 빈 공터들, 똑같은 납작한 집들, 그 모든 것들은 말에 탄 사람으로 하여금 우쭐함을 느끼도록 만들어주지요. 우리는 길모퉁이의 하늘색, 또는 분홍색으로 칠해진 한 집 앞에서 멈추었지요. 그 집 앞에는 〈별〉이라는 간판이 세워져 있더군요. 기둥에는 멋진 안장들이 얹혀진 말들이 묶여 있었구요. 반쯤 열려진 문 틈으로 빛줄기들이 흘러나오고 있었지요. 현관의 안쪽에는 커다란 방이 하나 있었는데 양쪽에 벤치가 하나씩 놓여 있고, 벤치들 사이에는 누가 어디에 있는지 알 수 있도록 장치된 침침한 문들이 있더군요. 노란 갈기를 가진 잡종 개 한 마리가 환영의 표시로 컹컹 짖으면서 달려나왔지요. 제법 많은 수의 사람들이 있는 게 보이더군요. 울긋불긋한 드레스를 입은 예닐곱 명의 숙녀들이 들락거리고 있었구요. 온통 검은 옷을 입은 우아한 자태의 한 숙녀가 집주인처럼 보이더군요. 루피노가 그녀에게 인사를 한 뒤 말하더군요.

—여기 새로운 친구 한 사람을 데려왔습니다. 말을 아주 잘 타지는 못하지만요.

—무슨 걱정이에요. 금세 배울 텐데.

여자가 말하더군요.

나는 얼굴이 붉어지는 것을 느꼈지요. 나는 그들의 주의를 딴 데로 돌리기 위해, 그들로 하여금 내가 아직 어린애라는 것을 깨닫도록 하기 위해 벤치 근처에서 개와 장난을 쳤지요. 부엌의 탁자에는 유리잔에 담긴 싸구려 초들이 타고 있더군요. 나는 안쪽 구석에 있던 작은 화로 또한 기억이 납니다. 앞의 퇴색한 벽에는

〈자비의 성모상〉이 걸려 있었구요.
 농담을 나누고 있던 한 남자가 끙끙대며 기타 줄을 맞추기 시작하더군요. 나는 멋모르고 벌겋게 달군 석탄처럼 내 입 안을 화끈하게 만든 진 한 잔을 받아 마셨지요. 여자들 중에는 다른 여자들과는 달라 보이는 한 여자가 있었습니다. 사람들은 그녀를 〈라 까우띠바(포로)〉라고 부르더군요. 그녀에게는 원주민적인 어떤 것이 깃들여 있었어요. 하지만 그녀의 모습은 마치 그림 같고, 눈은 매우 슬퍼 보였어요. 그녀의 길게 딴 머리는 허리께까지 치렁치렁 내려와 있었구요. 내가 그녀를 보고 있다는 것을 본 루피노가 그녀에게 말하더군요.
 ─기억을 새롭게 하기 위해 그때의 습격에 대해 다시 한번 듣고 싶은데.
 그 여자는 마치 자신밖에 없는 것처럼 말을 하는 거였어요. 나는 일견 그녀가 어떤 것도 생각할 수가 없고, 그녀가 우리에게 들려주는 이야기가 그녀의 일생에서 일어난 유일한 것일지도 모른다는 느낌이 들었지요. 그녀가 우리에게 이렇게 말하더군요.
 ─내가 까따마르까에 왔을 때 나는 아주 어린아이였어요. 그러니 내가 습격에 대해 무엇을 알겠어요. 농장에서 우리는 너무 무서워서 그것에 대해 입도 뻥끗하지 못했지요. 마치 무슨 비밀이나 되는 양 나는 점차로 인디언들이 구름처럼 내려와 사람들을 죽이고 가축들을 훔쳐간다는 것을 알게 되었지요. 그들은 여자들을 붙들어 대평원 안으로 데려갔고, 별의별 짓을 다 했지요. 나는 막무가내로 그런 것들을 믿으려고 하지 않았지요. 나중에 인디언들에게 창에 맞아 죽은 내 오빠 루까스는 그것들은 다 거짓말이라고 장담을 하더군요. 하지만 어떤 것이 사실일 때 다른 사

람으로 하여금 그것이 그렇다는 것을 믿게 하려면 단 한번 말하는 것으로 충분한 거죠. 정부는 인디언들을 취해 있게 만들려고 독한 술과 마약을 나누어주었지요. 허나 그들에게는 어떻게 해야 될지를 말해 주는 매우 지혜로운 마법사들이 있었어요. 일단 추장의 명령이 떨어지면 서로 멀리 떨어져 있는 요새들 사이에 있는 농장을 공격하는 것은 누워서 떡 먹기처럼 쉬운 일이었지요. 너무 생각을 많이 했던 탓일까, 나는 거의 그들이 왔으면 하고 바라게 되고, 해가 지는 쪽에 아련한 눈시울을 던지곤 했지요. 얼마의 시간이 지났는지는 몰라요. 하여튼 습격이 있기 전, 겨울들, 여름들, 소에게 낙인을 찍는 일들이 되풀이되었고, 농장 관리인의 아들이 죽었지요. 마치 남풍이 그들을 데려온 것 같았어요. 나는 냇가에서 엉겅퀴꽃 하나를 보았고, 그날 밤 인디언들의 꿈을 꾸었지요. 습격은 자정에 벌어졌어요. 짐승들은 마치 지진이 일어날 때 그러는 것처럼 습격이 일어나기 전에 그것을 알고 있었던 거예요. 농장 안이 어수선해지고, 새들은 하늘에서 빙빙 맴을 돌았으니까요. 우리는 내가 항상 바라보곤 했던 곳을 보기 위해 달려갔지요.

　—누가 당신들에게 습격에 대한 소식을 알려주었는데요?

　누군가가 물었다.

　여자는 마치 아주 먼 곳에 있는 것처럼 마지막 문장을 되풀이할 따름이었다.

　—우리는 내가 항상 바라보곤 했던 곳을 보기 위해 달려갔지요. 마치 온 사막이 내닫고 있는 것 같아 보였어요. 우리는 창의 쇠창살 틈으로 인디언들에 앞서 먼지 구름을 보았어요. 습격을 하러 오고 있는 거였어요. 그들은 손으로 입을 때리면서 이상한

소리들을 지르더군요. 산따 이레네 농장에는 라이플 몇 정이 있었지만 그것들은 단지 소음만 일으켰을 뿐 되레 인디언들을 더욱 사납게 날뛰도록 만들 뿐이었어요.

라 까우띠바는 마치 마음속으로 배운 기도를 하는 사람처럼 말을 하더군요. 그런데 밖에서 사막의 인디언들과 그들이 전투를 벌일 때 지르는 괴성들이 들려오는 거예요. 거칠게 문을 밀어젖히는 소리, 그리고 마치 꿈의 파편 속에서 말을 타고 달려오는 것처럼 그들이 안으로 들어오는 것이었어요. 그들은 술 취한 읍내 깡패들이었지요. 지금 내 기억 속에서 그들은 체구가 아주 컸던 것 같아요. 그들 중 맨 앞에 오던 자가 문가에 서 있던 루피노를 팔꿈치로 툭 치더군요. 루피노가 움찔해하며 한쪽으로 비켜섰지요. 자신의 자리에서 꼼짝 않고 있던 여주인이 일어서더니 우리에게 말하더군요.

―후안 모레이라예요.[1]

세월이 지나면서 나는 내가 기억하고 있는 그가 그날 밤의 그 사람인지 그뒤 로데오에서 자주 보게 된 사람인지 확실치가 않아요. 나는 모레이라를 바탕으로 해서 만든 연극 무대의 인물들이 가진 길고 거친 머리칼과 검은 구레나룻 수염이 떠오르면서도 천연두 자국으로 얽혀 있는 불그스름한 얼굴 또한 떠오릅니다. 작은 개가 환영을 하기 위해 종종걸음으로 달려갔지요. 모레이라가 단 한번의 채찍질로 녀석을 바닥에 대(大) 자로 늘어지게끔 만들어버리더군요. 녀석은 뒤로 누워 네 발을 바둥거리면서 죽어갔지요. 바로 여기서 나의 진짜 이야기가 시작됩니다.

---

[1] 아르헨티나의 전설적인 가우초의 이름.

나는 소리없이 좁은 복도와 층계로 뚫려 있는 문으로 빠져나갈 수가 있었지요. 위로 올라간 나는 어두컴컴한 어떤 방 안으로 숨어 들어갔지요. 침대 외에 다른 어떤 가구들이 있었는지 기억이 나지는 않습니다. 나는 부들부들 떨고 있었지요. 아래에서는 계속 고함소리가 들려왔고, 유리 같은 것이 깨지는 소리가 들려오더군요. 나는 위로 올라오고 있는 여자의 발걸음소리를 들었고, 언뜻 스쳐가는 불빛을 보았어요. 이어 마치 속삭이는 듯한 목소리로 라 까우띠바가 나를 부르는 것이었어요.
 ―나는 여기에 오직 평화를 사랑하는 사람에게 봉사하려고 왔어요. 가까이 와요. 당신을 절대로 해치지 않을 거니까.
 그녀는 이미 자신의 드레스를 벗은 뒤였어요. 나는 그녀 옆에 누웠고, 손으로 그녀의 얼굴을 더듬어보았지요. 얼마만큼의 시간을 보냈는지 알 수가 없어요. 단 한마디 말도, 키스도 나누지 않았지요. 나는 그녀의 딴 머리를 풀었지요. 나는 손으로 매우 빳빳한 그녀의 머리칼을 가지고 장난을 놀고, 이어 그녀의 몸을 가지고 장난을 쳤지요. 그 뒤로 우리는 다시 보지 못했고, 나는 그녀의 진짜 이름이 무엇이었는지 끝내 알지 못했지요.
 총소리가 우리의 정신을 깨워놓더군요. 라 까우띠바가 내게 말했지요.
 ―다른 층계로 도망가요.
 나는 그렇게 했고, 땅을 밟을 수가 있었지요. 달빛이 환한 밤이었어요. 검을 꽂은 라이플로 무장한 경찰서장 안드레스 치리노가 벽에 기대어 망을 보고 있었어요. 그가 킬킬대면서 내게 말하더군요.
 ―너 아주 일찍 일어나는 녀석이로구나.

내가 뭔가 대답을 했던 것 같은데 그는 내게 전혀 주의를 기울이지 않았지요. 한 사람이 벽을 타고 내려오고 있었어요. 반사적으로 서장이 그의 몸뚱이에 검을 찔러넣었지요. 그 사람이 바닥으로 떨어졌고, 등을 대고 누운 채 계속 신음과 피를 토하더군요. 나는 그 죽은 개를 떠올렸지요. 서장은 확실하게 끝을 내주기 위해 다시 한 차례 검을 그 사내의 몸뚱이에 쑤셔박더군요. 그가 환희에 찬 음성으로 그 바닥의 사내에게 말하더군요.

—이번만은 못 빠져나갔지, 모레이라.

집과 동네를 둘러싸고 있던 제복의 경관들이 사방에서 뛰쳐나오더군요. 서장은 검을 빼내려고 안간힘을 썼지요. 모두가 그와 축하의 악수를 나누고 싶어하더군요. 루피노가 킬킬대면서 말했지요.

—이제 이 작자의 화려한 일대기는 끝이 난 거군.

나는 이 사람들, 저 사람들에게 달려가 내가 보았던 것을 떠들어댔지요. 그런데 갑자기 짙은 피곤이 몰아닥치는 거예요. 열이 있는 것 같기도 했구요. 사람들 틈바구니를 빠져나온 나는 루피노를 발견하고, 우리는 집을 향해 출발했지요. 말 잔등에서 우리는 새벽의 뿌연 기운을 보았어요. 나는 지쳤다기보다 수많은 사건들의 격류 때문에 현기증을 느끼고 있었다고나 해야 할까요」

「그날 밤의 거대한 급류 때문이었겠지요」

나의 아버지가 끼여들어 한마디 하셨지요.

그러자 그 사람이 고개를 끄덕이더군요.

「맞습니다. 아주 짧은 시간의 흐름 속에서 나는 사랑을 알았고, 그리고 죽음을 보았던 거지요. 모든 사람들은 모든 것을 보고, 아니 적어도 모든 사람들은 그 두 가지를 볼 수 있게끔 운명지어져 있지요. 그러나 내게는 한 밤으로부터 아침 사이에 그 두 가지 본질적인 것들이 드러나도록 예정되어 있었던 거지요. 세월이 지났고, 나는 그 이야기를 사람들에게 너무 많이 들려주었는지라 내가 기억하고 있는 게 실제로 일어났던 그 사건들인지, 아니면 그것들은 내가 들려주었던 언어들인지 확실치가 않아요. 아마 라 까우띠바에게도 인디언의 습격과 관련하여 같은 일이 벌어졌었겠지요. 이제는 더 이상 모레이라가 죽는 것을 본 사람이 나인지 아니면 다른 사람인지 그것은 중요한 게 아니지요」

거울과 가면

　노르웨이가 패배한 클론타프 전쟁이 끝난 후 아일랜드의 대왕이 시인과 이야기를 나누었다. 왕이 시인에게 말했다.
　「만일 기록으로 남겨두지 않으면 가장 위대한 업적조차도 빛을 잃게 되고 말지. 따라서 나는 그대가 나의 승리와 영광에 관한 시를 지어주었으면 하네. 나는 아에네아스[1]가 될 것이네. 그대는 버질[2]이 될 것이고. 어때 우리 두 사람 모두를 영원히 살아 있게 만들 이 일을 할 수 있겠나?」
　「네, 폐하──시인이 말했다──제가 누구입니까? 오얀 아닙니까. 저는 열두 해 겨울 동안 운율에 관한 공부를 했습니다. 저

---
　1) 트로이의 영웅으로 트로이 전쟁이 끝난 후 이탈리아로 가 로마 건국의 모태가 된다.
　2) 버질은 로마의 시인으로 트로이의 영웅인 아에네아스에 대한 서사시를 지었다.

는 진정한 시의 기본이 되는 370개의 우화를 암송할 수가 있습니다. 얼스터와 민스터[3]의 설화들은 제 하프 줄 안에 모두 담겨 있습니다. 정부는 저로 하여금 우리 말 중 가장 오래된 어휘들과 가장 복잡한 비유법을 마음대로 쓸 수 있도록 허락했습니다. 저는 천민들의 무분별한 눈으로부터 우리의 예술을 보호할 글쓰기의 비밀을 정복했습니다. 저는 사랑과 가축 도둑과 여행과 전쟁을 시로 읊을 수가 있습니다. 저는 아일랜드 왕실의 모든 신화적 가계에 대해 정통하고 있습니다. 저는 공정한 점성학, 수학, 교회법에 대한 지식을 소유하고 있습니다. 저는 경쟁자들을 공개적인 대회에서 물리쳤습니다. 저는 나병까지를 포함한 피부병이 일어나도록 만들 수 있는 풍자에도 능통합니다. 저는 폐하께서 치르신 전쟁에서 증명해 보였듯 칼을 다룰 줄도 압니다. 단 한 가지 제가 무지한 게 있다면 그것은 폐하께서 제게 베풀어준 은혜에 대해 모른다는 것입니다」

길고 쓸데없는 연설, 특히 다른 사람들의 그것에 쉽게 진절머리를 내곤 하는 왕은 안도감을 느끼며 말했다.

「나도 그런 것들에 대해서는 아주 잘 알고 있지. 나는 최근에 나이팅게일이 영국에서 울었다는 소리를 들었네. 비와 눈이 지나가고 나이팅게일이 자신의 남쪽 나라에서 돌아오면 그대는 궁전과 음유시인들의 학교에서 그대의 찬양시들을 읊게 될 것이네. 그대에게 일 년의 시간을 주겠네. 그대는 말과 글자 하나하나를 아름답게 다듬어야 할 걸세. 이미 알고 있는 것처럼 그에 대한 보답은 이 왕실의 관습과 그대가 영감을 찾아 지새우게 될 불면의

---

[3] 아일랜드의 지역 이름들.

밤들에 상응하는 그런 것이 될 것이네」

「폐하, 가장 좋은 보답은 폐하의 용안을 뵙는 것만으로도 충분할 겁니다」

역시 아첨꾼인 시인이 말했다.

시인은 예를 올린 뒤 벌써 머릿속에 한두 행의 시 구절을 떠올리며 물러갔다.

전염병과 반란이 들끓었던 한 해가 지난 뒤 시인이 자신의 예찬시를 가지고 왕 앞에 나타났다. 그는 원고에 눈길 하나 돌리지 않은 채 그것을 천천히, 그리고 자신감에 찬 어조로 낭송했다. 왕이 고개를 끄덕거려 만족의 뜻을 표시했다. 모든 신하들이, 심지어 단 한마디조차 들을 수 없는 문가의 사람들조차 왕의 고갯짓을 따라했다. 마침내 왕이 입을 열었다.

「그대의 노고를 치하하네. 이것은 또 다른 승리라 할 수 있겠군. 그대는 한마디 한마디에 그것의 독창적인 의미를 담고, 각 명사에는 이전의 시인들이 붙였던 이름들을 다시 부여해 주었군 그래. 그대의 예찬시에는 옛사람들이 사용하지 않은 그런 이미지는 단 하나도 없군. 전쟁은 인간들이 만든 아름다운 거미줄이고, 피는 칼의 눈물이고. 바다는 자신의 신을 가지고 있고, 구름들은 미래를 예언하고. 그대는 운율과, 동음반복과, 모음반복과, 음의 장단과, 풍요로운 수사학의 기술, 탁월한 운율의 변화를 능숙하게 교합해 놓고 있군 그래. 만일 모든 아일랜드의 문학이 소실된다 해도 ── 제발 그런 일이 없기를 ── 그대의 이 고전적인 예찬시만 있다면 그것들을 하나도 빠짐없이 복원시킬 수 있겠군 그래. 서른 명의 필경사들로 하여금 이것을 열두 번씩 필사하도록 하겠네」

왕이 잠시 말을 멈추었다가 다시 이어갔다.

「정말로 모든 게 좋네. 그런데 아무것도 일어난 게 없어. 혈관 속에서 피는 더 빨리 달리지 않고, 손들은 활을 움켜쥐려고 하지 않고 있고, 아무도 얼굴이 창백해지고 않았고. 아무도 전쟁 때 지르는 고함을 지르지도, 바이킹들에게 자신의 가슴을 내밀지도 않았어. 시인이여, 일 년의 기간 안에 우리 다시 한번 그대의 또 다른 시에 경탄을 보낼 수 있는 기회를 갖도록 하세나. 그대의 시를 받아들인다는 표시로 은으로 된 이 거울을 주겠네」

「폐하께 감사를 드리며 폐하의 말씀을 가슴 깊이 새기겠습니다」

하늘의 별들이 다시 자신들의 밝은 항로로 들어섰다. 나이팅게일이 다시 색슨 족의 숲속에서 울었고, 시인은 전의 것보다 짧은 원고를 가지고 다시 나타났다. 그는 완전히 이해를 못하고 있다는 듯 또는 불경스럽게 만들고 싶지 않은 것인 듯 몇 부분들을 건너뛴 채 주저하며, 암송을 하는 게 아니라 원고를 보고 읽었다. 시는 기이했다. 그것은 전쟁에 대한 묘사라기보다 전쟁 그 자체였다. 그 전쟁으로 뒤엉킨 혼란 속에서는 〈하나〉이면서 〈셋〉인 신과[4], 아일랜드의 수많은 우상신들, 몇백 년 후 『엘더 에다』[5]의 첫부분에서 전쟁을 벌이게 될 신들이 들끓고 있었다. 형식 또한 기이하기는 마찬가지였다. 단수 명사에 복수 동사가 사용되고 있었다. 조사들은 일반적인 용법을 어기고 있었다. 거침과 부드러움이 함께 뒤섞여 있었다. 비유들은 임의적이거나, 또는 그렇게 보였다.

왕은 자신을 둘러싸고 있는 학자들과 몇 마디를 나눈 뒤 이렇

---

4) 삼위일체인 기독교 신을 가리킨다.
5) 1200년경 아이슬란드에서 씌어진 시적 설화집.

게 말했다.
「그대의 첫번째 예찬시는 아일랜드에서 이미 노래되었던 모든 것의 조화로운 요약이라 할 수 있었지. 이번 것은 전에 있던 모든 것을 능가하고, 심지어 그것들을 휴지조각으로 만들어버리고 있네. 이것은 놀라게 만들고, 현기증이 나도록 만들고, 경악을 느끼도록 만들고 있어. 무지한 자들은 그것에 대해 깨닫지 못하겠지만, 비록 적은 수이기는 하나 학식 있는 사람들은 그렇지가 않아. 이 단 하나의 원고가 보관되어 있을 곳으로는 상아로 만든 상자가 걸맞겠지. 이 탁월한 작품을 만들어낸 펜으로부터 보다 지고한 작품이 나오리라는 것을 우리는 당연히 기대하게 되지 않을 수가 없네」

그리고 왕이 미소와 함께 덧붙였다.
「우리는 우화의 거울이고, 우화에서는 3이라는 숫자가 지배적이라는 사실을 기억할 필요가 있을 거야」

시인이 대담하게 뇌까렸다.
「마왕의 세 가지 선물, 삼부작 시, 그리고 의심할 길 없는 삼위일체가 그러하옵니다」

왕이 말을 이어갔다.
「이 시를 받아들인다는 표시로 이 황금 가면을 주겠네」
「폐하께 감사를 드리며 폐하의 말씀을 가슴 깊이 새기겠나이다」 시인이 말했다.

다시 일 년이 지나갔다. 궁전의 경비병들은 시인이 원고를 몸에 지니지 않은 채 오는 것을 발견했다. 왕이 놀란 얼굴로 그를 바라보았다. 시인은 마치 다른 사람 같았다. 시간이 아닌 다른 어떤 것이 얼굴에 주름살을 만들고, 모습을 바꿔놓고 있었다. 그는 먼 곳을 바라보고 있거나, 또는 장님이 되어버린 것 같았다. 시인이 홀로 왕을 알현하고 싶다고 청했다. 시종들이 왕의 거실 밖으로 나갔다.

「시를 쓰지 않은 건가?」 왕이 물었다.

「썼습니다——시인이 슬프게 말했다——그렇지만 우리 주 그리스도께서 그렇게 하지 못하도록 해주셨더라면 얼마나 좋았을까요」

「암송해 보겠나?」

「감히 그렇게 할 수가 없습니다」

「내가 그대에게 부족한 용기를 주도록 하겠네」 왕이 말했다.

시인이 시를 읊었다. 시는 단 한 줄이었다.

감히 큰소리로 다시 읊어볼 엄두를 못 낸 채 시인과 왕은 마치 그것이 비밀기도나 신성모독이나 되는 듯 입안에서 우물거렸다. 왕은 시인만큼이나 경악했고, 넋이 나가 있었다. 그들은 창백한 얼굴로 서로를 쳐다보았다.

「젊었을 때——왕이 말했다——한번은 서쪽을 향해 항해를 하고 있었지. 한 섬에서 나는 은빛 그레이하운드 개들이 금빛 구렁이들을 죽이고 있는 것을 보았어. 다른 섬에서는 우리 모두 마법의 사과 향내로 배를 채웠지. 또 다른 섬에서는 불의 장벽을 보았어. 그 섬들보다 멀리 떨어져 있는 한 섬에서는 하늘에 둥글게 걸려 있는 강을 보았고, 그 강에는 고기와 배들이 지나다니고 있었어. 그것들은 경이로운 것들이었지. 하지만 일견 그 모든 것을 포함하고 있는 듯한 그대의 시와는 비교조차 되지 않아. 어떤 마법이 그대에게 이것을 주었나?」

「어느 새벽에——시인이 말했다——제가 처음에는 이해할 수 없는 말들을 뇌까리며 잠에서 깨어나지 않았겠습니까. 그 말들이 바로 이 시인 거죠. 저는 제가 아마 성령께서 결코 용서치 않을 죄를 지었다는 느낌에 사로잡히게 되었습니다」

「우리가 함께 공유하는 죄──왕이 속삭이듯 말했다──, 인간은 알지 못하도록 되어 있는 〈미〉를 알게 된 죄. 이제 우리는 그 죄값을 치러야 할 의무가 있는 거야. 나는 이전에 그대에게 거울과 금으로 된 가면을 주었지. 이제 마지막이 될 세번째 선물을 주도록 하겠네」

왕이 시인의 오른손에 단검을 놓았다.

우리가 알고 있는 바로 시인은 궁전을 떠나자마자 스스로 목숨을 끊었다. 왕은 이제 한때는 자신의 왕국이었던 아일랜드 방방곡곡을 돌아다니는 거지가 되었고, 그는 결코 그 시를 암송하지 않았다.

운드르

내가 옮기고 있는 이 글을 아단 데 브레멘의 『리벨루스』(1615)에서 찾으려고 해보아야 헛일이라는 것을 나는 미리 독자에게 경고하고자 한다. 그는 모두가 알고 있는 것처럼 11세기에 태어나 죽었다. 이 글은 라펜베르크에 의해 옥스퍼드의 보들레르 연구소에 소장된 한 원고에서 발견되었다. 그는 자질구레한 제반 정황에 입각해 이 글이 멋대로의 개작품이라는 판정을 내렸다. 그럼에도 불구하고 그는 흥미를 느꼈던지 자신의 『독일연감』(라이프찌히, 1894)에 포함시켰다. 단순한 아마추어 아르헨티나인으로서는 별 가치가 없어 보이나 나는 독자들로 하여금 스스로 그것을 판단하도록 하겠다. 나의 번역은 직역은 아나 원본의 내용에 충실한 것이다.

아단 데 브레멘은 다음과 같이 적고 있다.

······야생마들이 서식하고 있는 땅 너머 해협의 다른쪽 가장자리까지 펼쳐져 있는 사막 인접 지역에 살고 있는 종족들 중 가장

언급할 필요가 있는 종족은 바로 우른이다. 대상들의 불확실하고 지어낸 이야기들, 길의 도처에 도사린 위험들, 유목민들의 약탈 행위는 나로 하여금 결코 그들의 땅에 도달하지 못하도록 만들었다. 그렇지만 그들의 원시적이고 띄엄띄엄 들어서 있는 마을들은 비스툴라의 저지대에 자리잡고 있는 게 명백했다. 스웨덴 사람들과는 달리 우른 사람들은 영국이나 다른 북쪽 국가들의 왕족이 나온 아리안주의[1]나, 피비린내 나는 악마들의 경배에 물들지 않은 진정한 그리스도교 신앙을 믿고 있었다. 우른 사람들은 목동들, 뱃사공들, 무당들, 대장장이들, 마구 제작자들로 구성되어 있었다. 피비린내 나는 전쟁 때문에 그들은 거의 땅을 경작하지 않았다. 그들을 둘러싸고 있는 평원과 다른 종족들은 그들로 하여금 말과 활을 다루는 데 능숙하도록 만들어주었다. 사람은 항상 자신의 적들과 비슷해지게 마련이다. 그들의 창은 우리들의 것보다 길었다. 왜냐하면 그것은 보병이 아닌 기병을 위한 것이었기 때문이다.

상상이 가겠지만 우른 사람들은 펜과 뿔로 만든 잉크통과 양피지를 사용할 줄 몰랐다. 그들은 자신들의 문자로서 마치 우리의 조상들처럼 오딘[2]이 9일 낮밤을 물푸레나무에 매달린 뒤——오딘에게 희생당한 오딘——그들에게 계시해 준 룬 문자[3]를 사용했다.

이 일반적인 정보 외에 나는 근엄하고 신중한 언변의 소유자인 아이슬랜드인 울프 시거다슨과 나눈 대화를 덧붙일까 한다. 우리

---

1) 그리스도의 신성(神性)을 부정하는 교파.
2) 북유럽의 신의 이름.
3) 옛 북유럽의 문자.

들은 웁살라⁴⁾의 한 사원 근처에서 만났다. 장작불은 이미 꺼진 뒤였다. 벽의 삐죽삐죽한 균열들 사이로 추위와 새벽이 스며들어 오고 있었다. 밖에서는 세 신(神)들에게 바쳐진 이교도들의 몸뚱이들을 뜯어먹는 회색빛 늑대들이 눈 위에 자신들의 지친 발자국들을 남겨놓고 있었다. 우리들의 대화는 성직자들 사이에서 그러하는 것처럼 라틴어로 시작되었다. 그러나 곧 튤⁵⁾로부터 아시아의 시장까지 걸쳐 있는 북쪽 지방의 언어 속으로 옮겨갔다. 그가 말했다.

「나는 스칼트(옛 스칸디나비아의 음유시인)의 혈통을 가지고 있기 때문에 우른의 시가 단 한 단어로 되어 있다는 것을 알게 되는 것만으로 그 시들과, 그들의 땅으로 뚫려 있는 길을 찾아나서기에 충분했지요. 일 년에 걸친 탈진과 노고의 여행 끝에 나는 그곳에 도착했지요. 시각은 밤이었어요. 나는 길에서 마주친 사람들이 나를 이상하다는 눈초리로 쳐다보는 것을 깨달았고, 그들 중 한두엇은 내게 돌까지 던지더군요. 나는 한 대장간의 불빛을 보았고 안으로 들어갔지요.

대장장이는 내게 그날 밤 묵을 수 있는 잠자리를 내어주더군요. 그의 이름은 오름이었어요. 그의 언어는 우리의 말과 거의 엇비슷하더군요. 우리들은 몇 마디를 주고 받았지요. 나는 그로부터 처음으로 군러그라고 하는 왕의 이름을 듣게 되었지요. 나는 왕이 최근에 치른 전쟁 이후로 이방인들을 의심의 눈초리로 살피고, 그들을 십자가형에 처하는 습관을 가지고 있다는 사실을 알게 되었지요. 나는 인간보다는 신에게 보다 적합한 그런 운명을

---

4) 스웨덴의 남동부에 있는 도시의 이름.
5) 고대인이 세계의 북쪽 끝에 있다고 믿었던 상상의 나라.

피하기 위해 왕의 승리와 명성과 자비심을 기리는 드라파, 그러니까 일종의 예찬시를 하나 읊기 시작했지요. 기억 속에서 그것을 되살리기 시작한 순간 두 사람이 나를 찾아온 거예요. 나는 그들에게 내 칼을 내주지는 않았지만 그들이 이끄는 대로 따라갔지요.

하늘에는 아직 별들이 반짝이고 있더군요. 우리들은 양쪽에 오두막들이 늘어서 있는 공터를 가로질렀지요. 나는 피라미드들이 나타나기를 기대했지만 내가 첫번째 광장에서 본 것은 노란 나무 기둥이었어요. 그 꼭대기에 놓여 있는 검은 고기 모양의 형상이 내 눈에 들어오더군요. 우리들과 함께 오고 있었던 오름이 그 고기는 〈말씀〉이라고 하더군요. 다음 광장에서 나는 원반이 놓여 있는 붉은 기둥을 보았지요. 오름은 그것 또한 〈말씀〉이라고 반복해 말하는 거였어요. 나는 그것에 대해 자세히 말해 달라고 했지요. 그는 자신은 단지 직공에 불과해 그런 것에 대해서는 모른다고 말하더군요.

마지막 광장이었던 세번째 광장에서 나는 무엇이었는지 생각이 나지 않는 그림이 그려진 검은 기둥을 보았지요. 광장의 저 안쪽에는 그 끝을 눈으로 쫓아가 볼 수 없는 길고 반듯한 담이 나 있더군요. 나중에 나는 그것이 원형으로 되어 있고, 지붕은 흙으로 얹혀 있고, 단 한 개의 방으로 되어 있고, 시 전체를 빙 둘러 세워져 있다는 것을 알게 되었지요. 기둥에 묶여 있는 말들은 키가 작고 긴 갈기들을 가지고 있더군요. 경비병들이 대장장이는 안으로 들어가지 못하도록 막더군요. 안에는 무장을 한 사람들이 있었는데 모두가 서 있었지요. 졸고 있던 왕, 군러그는 낙타 가죽이 깔린 일종의 연단 같은 것에 눈을 반쯤 감은 채 비스듬히 누워 있었어요. 그는 쇠약하고 누르께한 안색을 가지고 있었지요. 성스럽고 거의 잊혀진 어떤 사물이라고나 해야 할까. 경비병들 중의 한 사람이 내게 길을 열어주더군요. 누군가가 하프를 가져다 놓았더군요. 나는 무릎을 꿇은 채 낮은 목소리로 〈드라파〉를 암송하기 시작했지요. 그것은 수사학적 이미지들, 동음반복, 그 시의 형식이 요구하는 강조점 등 부족한 게 없는 거였어요. 나는 왕이 그것을 이해했는지 알지 못합니다. 어찌됐든 왕은 나에게 은반지를 하나 주었고, 나는 여전히 그것을 간직하고 있지요. 나는 왕의 베개 아래에 약간 삐져나와 있는 단도를 보았지요. 그의 오른쪽에는 수백 개의 네모 칸이 그어져 있고, 한 줌의 장기말들이 뒤엉켜 있는 장기판이 있더군요.

그때 경비병이 나를 뒤로 밀쳤지요. 대신 어떤 사람이 그 자리로 들어서더군요. 그런데 그는 무릎을 꿇지 않는 거예요. 그가 마치 음을 맞추듯 줄을 퉁기면서 낮은 목소리로 내가 찾으려 했지만 찾지 못했던 그 단어를 말하는 거였어요. 누군가가 공손한 목소리로 말하더군요. 「이제 그것은 어떤 의미도 가지지 못하게 되는 거지」

나는 눈물을 보았지요. 그 사람은 음을 높였다 바꾸었다 했지만 거의 엇비슷한 음색은 단조로웠고, 아니 보다 정확히 말해 무한했지요. 나는 그 노래가 영원히 계속되고, 내 삶 또한 그러했으면 하는 생각이 들더군요. 갑자기 노래가 그치더군요. 나는 그 시인이 지쳐 하프를 바닥에 내동댕이쳐 버리는 소리를 들었지요. 우리들은 뒤죽박죽 뒤엉킨 채 밖으로 나왔지요. 나는 마지막 사람들 틈에 끼어 그곳을 빠져나왔지요. 놀라웁게도 해가 기울어져 가고 있는 거예요.

나는 몇 발자국 걸음을 뗐지요. 누군가 내 어깨에 손을 얹어 걸음을 멈추도록 만들더군요. 그가 내게 말하는 거였어요.

「왕의 반지가 부적이 되겠지만 당신은 곧 죽게 될 거요. 왜냐 하면 〈말씀〉을 들었기 때문이오. 나 브하르니 토켈센이 당신을 구해 주겠소. 나 또한 스칼트의 피를 이어받은 사람이오. 당신은 당신의 예찬시에서 피를 칼의 눈물로, 전쟁을 인간들의 거미줄로 비교하더군요. 나는 그런 이미지들을 내 아버지의 아버지로부터 들은 기억이 납니다. 당신과 나는 시인입니다. 그래서 나는 당신을 구원해 줄 겁니다. 요즘에 와서 우리는 시적 영감을 불러일으켜주는 각각의 것들을 정의하려고 들지 않습니다. 우리는 바로 〈말씀〉인 한마디 말로 그것을 요약해 버립니다」

나는 대꾸했습니다.

「나는 그것을 들을 수가 없었어요. 그것이 무엇인지 말해 줄 수는 없나요」

그가 잠시 머뭇거리더니 말하더군요.

「나는 그것을 누설하지 않겠다고 맹세를 했습니다. 게다가 그 누구도 누군가를 가르칠 수는 없는 거지요. 스스로 찾아야 하는 거지요. 우리는 서둘러야 합니다. 그렇지 않으면 당신의 생명이 위험하니까요. 나는 당신을 내 집에 숨겨줄 겁니다. 당신을 찾으려고 감히 그곳까지 뒤지지는 못할 거니까요. 만일 바람이 당신을 도운다면 당신은 내일 남쪽을 향해 항해를 할 수 있을 겁니다」

그렇게 해서 여러 겨울 동안 계속될 나의 모험이 시작되었지요. 나는 그 과정에서 일어났던 자질구레한 일들이나 변화무쌍했던 운명에 대한 적절한 설명 따위를 늘어놓지는 않겠습니다. 나는 사공, 노예 상인, 노예, 벌목공, 노상강도, 가수, 지하수와 금속들의 감정가 노릇을 하기도 했지요. 나는 1년 동안 사람의 치아를 흐물흐물하게 만들어버리는 수은 광산에 붙들려 일하기도 했지요. 나는 미클리가르트르(콘스탄티노플)의 요새에서 스웨덴 사람들과 전투를 벌이기도 했지요. 아소브 만[6]에서는 내가 결코 잊지 못할 한 여인과 사랑에 빠지기도 했지요. 내가 그녀를 버렸거나, 그녀가 나를 버렸지요. 둘 다 똑같은 거지만요. 나는 배반을 당했고, 그리고 배반을 했던 거지요. 한 차례 이상 운명이 나로 하여금 살인을 하도록 만들었구요. 한 그리스 병정이 내게 결투를 신청하며 두 칼 중에 하나를 선택하라고 하더군요. 하나가 다른 하나보다 사람 손으로 한 뼘 정도 긴 거였어요. 나는 그가 내게 도전을 해오고 있다는 것을 알고 있었기 때문에 짧은 것을 택했지요. 그가 왜 그것을 택하느냐고 묻더군요. 나는 내 손으로부터 그의 가슴까지의 거리는 마찬가지이기 때문이라고 대답했지요. 흑해의 한 곳에는 내가 나의 동료 레이프 아나슨을 위해 새긴 룬 문자로 된 비명이 있습니다. 나는 서클랜드의 〈청색인(靑色人)〉, 즉 사라센 사람들과 전투를 벌이기도 했지요. 나는 시간의 경과 속에서 하나가 아닌 여러 사람이 되었지요. 그러나 이 풍파는 하나의 긴 꿈이었던 거지요. 본질적인 것은 〈말씀〉이었어요. 때때로 나는 그것에 대해 의심을 품기도 했지요. 나는 아름다운 어휘들을 뒤섞는 아름다운 유희를 부정하는 것은 어처구니없는 짓이고, 어쩌면 상상의 산물일지도 모를 단 하나의 말을 찾아야 할 이유가 무엇인가 하고 되뇌이곤 했지요. 어떤 선교사는 그 말이 〈신〉이라고 말하더군요. 나는 그것에 수긍하지 않았지요. 바다

---

6) 흑해의 우크라이나와 남부 러시아 사이에 있는 만의 이름.

로 뻗어 있는 한 강가에서 나는 새벽에 마침내 계시에 이르렀다는 생각을 한 적도 있었어요.

나는 우른으로 되돌아갔지요. 한참 동안 헤맨 끝에 나는 간신히 그 시인의 집을 찾을 수가 있었습니다.

나는 안으로 들어갔고, 내 신분을 밝혔지요. 시각은 이미 밤이 으슥한 때였어요. 바닥에 앉아 있던 토켈센이 구리 촛대에 꽂힌 초에 불을 붙이라고 말하더군요. 그의 외관은 너무 늙어 있었기 때문에 나 또한 늙었으리라는 생각을 지울 수가 없었지요. 나는 관습대로 왕의 안부에 대해 물었지요. 그가 대꾸하더군요.

「왕은 더 이상 군러그라 불리지 않소. 이제 그는 다른 이름을 가지고 있어요. 그 동안 당신에게 있었던 일들에 대해 들려주지 않겠소?」

나는 당신에게는 말하지 않을 아주 자질구레한 일들을 포함한 그 동안의 일들을 차례대로 말해 주었지요. 내가 이야기를 마치기 직전 그가 물었지요.

「그곳들을 돌아다니면서 얼마나 여러 차례 시를 읊었나요?」

그 질문은 나로 하여금 정신이 번쩍 들도록 만들더군요.

「처음에 나는 먹을 것을 마련하기 위해 시를 읊었지요. 그 다음에 나도 이해할 수 없는 어떤 공포가 나로 하여금 시와 하프로부터 멀어지도록 만들었지요」

「좋아요——그가 고개를 끄덕거리더군요——이제 당신의 이야기를 계속해 보시지요」

나는 그의 지시에 따랐지요. 나의 이야기가 끝나고 긴 침묵이 다가왔지요.

「당신이 처음으로 사랑을 나누었던 그 여자가 당신에게 무엇을 주었나요?」 그가 내게 묻더군요.

「모든 것을요」 내가 그에게 대답했지요.

「삶 또한 내게 모든 것을 주었지요. 삶은 모든 사람에게 모든 것을 주지만 대부분의 사람들은 그것을 깨닫지 못해요. 내 음성은 노쇠하고, 내 손가락들은 쇠약해 있지만 내 말을 들어보시기 바랍니다」

그가 하프를 집어들고 〈운드르〉라고 말했고, 그 말은 경이로움을 뜻한다.

나는 그 죽어가는 사람의 시에 금세 빠져들어갔지요. 그런데 나는 그의 시와 그의 음조 속에서 나의 시들과, 내게 첫사랑을 주었던 여자 노예, 내가 죽였던 사람들, 차가운 기운의 새벽, 물 위에 비치는 여명, 노(櫓)들을 보게 된 거예요. 나는 하프를 집어들고 다른 한마디 말을 했지요.

「좋아요── 그가 말했고, 나는 그의 말을 듣기 위해 귀를 바짝 가져다 대야 했지요──당신은 이제 깨달은 거예요」

지친 자의 유토피아

그는 그것을 〈유토피아〉라고 불렀다. 그리스어로 그것은 〈그런 곳은 없다〉라는 뜻이다.

께베도[1]

두 개의 똑같은 언덕이란 없다. 그러나 지구상의 어떤 곳을 가든 평원은 항상 똑같다. 나는 평원을 가로질러 가고 있었다. 나는 별다른 감흥 없이 그곳이 오클라호마인지, 텍사스인지, 문학인들이 〈팜파〉라고 부르는 곳인지 자문해 보았다. 오른쪽을 보아도 왼쪽을 보아도 철조망이라고는 보이지 않았다. 나는 다른 때처럼 천천히 에밀리오 오리베[2]의 계속 확대되고 끝없이 늘어나는 다음과 같은 시 구절을 읊조려보았다.

끝없는 경이로운 평원의 한가운데에서
브라질 국경 근처에서

---

[1] Quevedo(1580-1645): 공고라와 더불어 스페인 바로크 시대의 대표적 시인.
[2] Emilio Oribe(1792-1857): 우루과이 출신의 의사이자 시인, 작가. 대표작으로 『원시의 바다』 등이 있다.

......

　길은 울퉁불퉁했다. 빗방울이 떨어지기 시작했다. 나는 약 2, 3백 미터 떨어진 곳에서 가물거리는 어떤 집의 불빛을 보았다. 그 집은 낮고, 직사각형에 나무들로 둘러싸여 있었다. 나로 하여금 두려움을 느끼도록 만들 정도로 키가 아주 큰 남자가 문을 열어주었다. 그는 회색 옷을 입고 있었다. 나는 그가 누군가를 기다리고 있었다는 느낌을 받았다. 문에는 자물쇠가 없었다.
　우리는 벽이 나무로 된 커다란 방으로 들어갔다. 편편한 천장에는 노란 빛을 내는 등이 걸려 있었다. 이유는 알 수 없었지만 왠지 탁자는 기이한 느낌을 주었다. 탁자 위에는 동판화 외에 가장 먼저 내 눈길을 끌었던 모래시계가 놓여 있었다. 남자가 내게 의자 하나를 가리켰다.
　내가 여러 종류의 언어를 시도해 보았으나 우리는 의사소통을 할 수가 없었다. 마침내 그가 입을 열었는데 그것은 라틴어였다. 나는 학교 때의 아스라한 기억을 되살린 뒤 그와 대화를 나눌 태세를 갖추었다.
　「당신 옷을 보니——그가 내게 말했다——당신은 다른 시대에서 온 것 같구료. 다양한 언어는 다양한 사람들, 심지어 다양한 형태의 전쟁들을 불러일으키지요. 세계는 라틴어로 되돌아갔어요. 라틴어가 다시 프랑스어나 레모신어,[3] 또는 파피아멘토어[4]로 나누어질 거라고 두려워하는 사람도 있지요.[5] 그렇지만 당장에

---

3) 프랑스 레모신 지방의 언어.
4) 스페인 까스띠야 지방의 방언.
5) 이 말은 원래 레모신어, 파피아멘토어를 비롯한 프랑스어, 스페인어, 이

그럴 위험은 없어요. 게다가 나는 옛날에 그랬건 또 앞으로 그렇게 되건 간에 별 흥미가 없어요」

나는 아무런 대꾸도 하지 않았다. 그가 덧붙였다.

「만일 다른 사람이 식사하는 광경을 보는 걸 개의치 않는다면 같이 가시겠소?」

내가 머뭇거리는 것을 그가 알아챘다는 것을 깨달은 나는 그러겠다고 대답했다.

우리는 양쪽에 문들이 나 있는 복도를 따라 내려갔다. 그 끝은 모든 게 금속으로 되어 있는 작은 부엌으로 통해 있었다. 우리는 쟁반에 저녁 식사를 담아 원래의 방으로 되돌아왔다. 콘플래이크가 담긴 종지, 포도 한 송이, 무화과 맛을 연상시키는 낯선 과일, 그리고 커다란 컵의 물. 만일 내가 정확히 기억하고 있다면 빵은 없었다. 주인의 용모는 날카롭고, 그의 눈에는 범상치 않은 무엇인가가 서려 있었다. 나는 이후로 다시 보지 못하게 되었던 그의 엄중하고 창백한 얼굴을 결코 잊어버릴 수가 없다. 그는 말을 하면서 전혀 몸짓 같은 것을 하지 않았다.

라틴어로 이야기하는 게 조금 익숙해지기 시작했지만 나는 기어코 그에게 말하고야 말았다.

「나의 갑작스런 출현이 놀랍지가 않나요?」

「아닙니다──그가 말했다──이런 방문은 우리에게 세기마다 일어나곤 하니까요. 그리고 길게 계속되는 것도 아니고. 당신은 늦어도 내일이면 당신 집에 가 있게 될 겁니다」

나는 그의 목소리에 깃들여 있는 자신감만으로도 충분하다는

태리어 등이 라틴어로부터 파생되었기 때문에 다시 주 언어로 자리잡은 라틴어가 그런 언어들로 갈라질까 두려워한다는 말이다.

것을 느꼈다. 나는 내 자신을 소개해야 할 것 같다는 판단이 들었다.

「나는 에두아르도 아세베도라고 합니다. 1897년 부에노스 아이레스에서 태어났습니다. 내 나이 이미 칠십이지요. 나는 영미문학 교수이고, 환상소설을 쓰는 작가이기도 하지요」

「상당히 흥미롭게 두 편의 환상적인 소설을 읽었던 기억이 나는군요──그가 말했다──많은 사람들이 사실이라고 여기는 『레무엘 걸리버 대장의 여행기』와 『신학대계』. 그렇지만 우리 사실이라는 것들에 대해 이야기하지 맙시다. 아무도 더 이상 사실이라는 것에 대해 중요성을 느끼지 않으니까요. 그것은 단지 발명과 정당화를 위한 하나의 출발점에 불과하니까요. 학교에서는 우리들에게 의심과 망각의 예술을 가르칩니다. 무엇보다도 개인적인 것과 지역적인 것의 망각. 우리는 연속적인 성격을 지닌 〈시간〉 속에 살고 있습니다. 하지만 우리는 〈영원한 모습〉 속에서 살려고 하지요. 우리에게는 과거로부터 남아 있는 몇 개의 이름이 있는데 언어는 그것들을 잃어버리기 일쑤입니다. 우리는 불필요한 세부사항들을 피하지요. 우리에게는 달력도 역사도 없습니다. 통계학 또한 없구요. 당신은 내게 당신의 이름이 에두아르도라고 했습니다. 그러나 나는 당신에게 내 이름이 무엇인지 말할 수가 없습니다. 왜냐하면 나는 그저 〈어떤 사람〉이라고만 불리우니까요」

「그렇다면 당신 부친의 성함은 무엇입니까?」

「이름이 없습니다」

한쪽 벽에 서고가 있는 게 보였다. 나는 아무 책이나 끄집어내 펼쳐보았다. 글자들은 선명했으나 해독을 할 수가 없었다. 그것들은 손으로 씌어진 것들이었다. 그것들의 각진 선은 룬 문자[6]의 알파벳을 떠올리게 만들었다. 물론 룬 문자는 단지 묘비에 새기기 위해 쓰인 문자였다. 나는 미래의 인간들이 키만 더 큰 게 아니라 손재주 또한 더 탁월한 게 아닌가 하는 생각이 들었다. 불현듯 그의 길고 아름다운 손이 내 눈에 들어왔다.

그가 내게 말했다.

「당신은 이제 전에 한번도 본 적이 없는 것을 보게 될 겁니다」

그가 내게 조심스럽게 1518년 브라질에서 인쇄된 토마스 모어의 『유토피아』 한 권을 건넸다. 그것에는 책장들과 동판화들이 빠져 있었다.

약간 어리석게도 나는 대꾸했다.

「인쇄된 책이군요. 집에 가면 이처럼 오래되고, 이처럼 진기한 판본은 아니겠지만 이런 책은 2천 권도 넘게 있습니다」

나는 큰소리로 제목을 읽어보았다.

그가 웃음을 터뜨렸다.

「아무도 2천 권의 책을 읽을 수가 없습니다. 내가 살았던 4세기 동안 나는 채 여섯 권의 책조차도 읽지 못했을 겁니다. 게다가 읽는 것이 아닌 다시 읽는 것조차 포함해서 말입니다. 인쇄란, 이미 폐지된 것이지만 인간의 가장 나쁜 해악들 중의 하나였지요. 왜냐하면 그것은 불필요한 텍스트들을 현기증이 일 정도로 증식시키곤 했으니까요」

「나의 흥미로운 과거에서는——나는 말했다——매일 저녁과 아침 사이에 망각되어야 할 수치스러운 어떤 일들이 일어난다는 미신이 팽배해 있었지요. 세계는 캐나다, 브라질, 스위스 콩고, 유럽

---

6) 옛 북유럽의 문자.

공동시장 등 집단적인 유령들로 가득 차 있었지요. 거의 모든 사람들은 이러한 플라토닉한 실체들 이전의 역사에 대해서는 알지 못했지요. 그렇지만 그들은 가장 최근의 교육자 모임, 또는 임박한 외교관계의 파탄, 또는 비서의 비서에 의해 씌어졌고 그 장르에 걸맞는, 조심스럽게 짜맞춘 장황하면서도 모호한 대통령 담화문들의 가장 자질구레한 사항들까지도 잘 알고 있었지요.

그것들은 읽고 나서 곧 잊혀져야 할 것들이었지요. 왜냐하면 또 다른 자질구레한 것들이 그것들을 지워버리게 될 것이었으니까요. 모든 직무 중 정치적 직무야말로 가장 공적인 거지요. 한 사람의 대사, 또는 장관은 모터사이클과 헌병들에게 둘러싸이고, 눈에 불을 켜고 달려드는 기자들이 기다리고 있는, 길고 떠들썩한 자동차 행렬과 함께 움직여야 하는 일종의 불구자지요. 그들은 마치 다리가 잘린 사람들 같아, 하고 늘 내 어머니가 말씀하시곤 했지요. 인쇄된 사진과 글자는 실제 사물보다 훨씬 사실적이었지요. 그래서 단지 인쇄매체를 통해 공표된 것만이 진실했다고나 할까요. 존재하기 위해서는 사진으로 찍혀져야 한다는 게 세계에 대한 우리의 유일무이한 개념이었지요. 나의 그 과거에서 사람들은 순진무구했습니다. 그들은 그것을 만든 사람이 계속 좋다고 반복해서 말하니까 어떤 상품이 좋다고 믿곤 했지요. 또한 모두가 돈이 최대의 행복도, 최대의 평화도 주지 않는다는 것을 알고 있으면서도 도둑질은 그치지 않았구요」

「돈이라고 하셨소? ──그가 되물었다── 더 이상 참을 수 없는 것일 가난 때문에 고통당하는 사람도, 천박성의 가장 불편부당한 형태일 부 때문에 고통당하는 사람은 없어요. 이미 재산이라는 것도 없고, 유산이라는 것도 없지요. 모든 사람이 각기 자신의 생업을 가지고 있으니까요」

「마치 토끼들처럼요」 내가 말했다.

그는 내 말을 이해하지 못한 것 같았다. 그가 말을 이어갔다.

「도시 또한 없지요. 내가 한번 탐험을 해본 적이 있는 바이아 블랑까의 유적을 두고 판단해 보건대 잃어버린 것은 거의 없다는 생각이 들었소. 왜냐하면 소유라는 것도 없고, 유산이라는 것도 없기 때문이지요. 백 살이 되어 나이가 지긋해지면 그는 자기 자신, 그리고 고독과 맞닥뜨릴 준비가 되지요. 이미 자식 하나는 낳았고」

「자식 하나라구요?」 내가 물었다.

「그래요. 단 하나의 자식이요. 인류를 계속 유지시킬 필요가 있나요. 어떤 사람들은 우주에 대해 깨닫기 위해서는 신의 존재가 필요하다고 생각합니다. 하지만 그런 신이 존재하는지 존재하지 않는지 확실히 알고 있는 사람은 없습니다. 지구상에 있는 모든 인간의 점진적 또는 동시적 자살이 가진 장단점에 관해서는 지금 한창 논의가 벌어지고 있는 중입니다. 하지만 우리의 주제로 다시 돌아가도록 합시다」

내가 동의했다.

「백 살이 되면 그 사람에게는 더 이상 사랑이나 우정이 필요없게 됩니다. 악이나 비자발적인 죽음은 더 이상 그에게 위협이 되지 못합니다. 그는 예술 중의 하나, 또는 철학, 또는 수학을 공부하거나, 혼자서 두는 장기놀이를 합니다. 원할 때 그는 자신을 죽입니다. 그는 자신의 삶의 주인이 된 거죠. 그는 또한 자신의 죽음의 주인이 되기도 한 거구요」

「그것은 누구의 인용인 것 같군요?」 내가 물었다.

「당연히 그렇지요. 우리에게는 인용 이상의 그 어떤 것도 남아 있지 않아요. 언어란 일종의 인용체계인 거지요」

「우리 시대의 위대한 도전이었던 우주 탐험은요?」 내가 물었다.

「벌써 몇 세기 전에 우리들은 확실히 경탄할 만한 것이었던 그런 식의 이동을 거부했지요. 우리들은 결코 이곳, 그리고 이 시간으로부터 벗어날 수 없으니까요」

그가 미소를 지으며 덧붙였다.

「게다가 모든 여행이란 공간적 아닙니까. 한 혹성에서 다른 혹성으로 가는 것은 마치 건너편에 있는 농장으로 가는 것과도 같은 거죠. 당신이 이 방에 들어왔을 때 당신은 하나의 공간 여행을 한 것이지요」

「그렇군요──나는 맞장구를 쳤다──또한 우리 때에는 화학원소들과 동물들의 종에 대해서도 얘기했지요」

이제 그가 내게 등을 돌린 채 바깥을 바라보고 있었다. 창 너머 평원은 고요한 눈과 달빛으로 백색을 띠고 있었다.

나는 용기를 내 물었다.

「아직 박물관과 도서관은 있나요?」

「아니오. 우리는 단지 앨러지(비가(悲歌))를 짓는 것 외에는 과거를 잊어버리기를 원해요. 더 이상 기념식, 백주년 기념일도, 죽은 사람의 동상 같은 것도 없어요. 각자가 자신의 필요에 따라 과학과 예술을 창조해 내야 해요」

「그렇다면 모든 사람이 자신의 버나드 쇼, 자신의 예수 그리스도, 자신의 아르키메데스가 되어야겠군요」

그가 말없이 고개를 끄덕였다.

「국가들은 어떻게 되었나요?」

「전승에 따르면 그것들은 점차로 쓸모가 없어졌다고 하더군요. 사람들은 선거를 부르짖고, 전쟁을 선포하고, 세금을 거두고, 재산을 압류하고, 구속명령을 내리고, 검열을 하려고 했지만 지구상의 그 누구도 그것들에 복종하지 않은 거예요. 언론은 뉴스와 국가 지도자들의 사진을 공표하기를 중단했지요. 정치가들은 정직한 일자리들을 찾아야 했구요. 그들 중 몇은 뛰어난 코미디언, 또는 뛰어난 심령치료사가 되기도 했지요. 물론 실제로 일어났던 것은 내가 요약해 말했던 것보다 훨씬 복잡한 양상을 가지고 일어났지만요」

그가 어조를 바꾸며 말했다.

「다른 모든 집들과 똑같은 이 집은 내가 직접 건축했지요. 나는 이 가구들과 식기들을 직접 내 손으로 빚었어요. 나는 미래에 내가 모르는 사람들이 보다 개선시키게 될 그런 분야의 일들을 했지요. 몇 가지 물건들을 보여드릴까 하는데」

나는 그를 따라 옆방으로 갔다. 평평한 천장에는 마찬가지로 등 하나가 걸려 있었다. 나는 구석에 놓여 있는 줄이 몇 개 없는 하프를 보았다. 벽에는 노란 색감이 중심을 이루고 있는 직사각형 캔버스들이 걸려 있었다. 그것들은 그의 손에 의해 그려진 것 같지 않았다.

「내 작품이오」 그가 말했다.

나는 캔버스들을 훑어보다가 가장 작은 것 앞에 멈추어 섰다. 석양을 묘사 또는 암시하고 있는 그것은 무한한 어떤 것을 그 안에 담고 있었다.

「만일 원한다면 한 미래의 친구에 대한 기념으로 가져가도 좋소」 그가 나지막한 음성으로 말했다.

나는 그에게 고맙다고 말했다. 그러나 다른 그림들은 나를 뒤숭숭하게 만들어놓고 있었다. 그것들은 흰색은 아니었지만 거의 흰색에 가까웠다고 말할 수 있었다.

「그 그림들은 당신의 옛 눈으로는 볼 수 없는 색깔들로 칠해져 있지요」

섬세하기 그지없는 그의 손이 하프를 연주하기 시작했다. 그러나 이어지는 그 소리들은 내 귀에 거의 들릴까 말까였다.

바로 그 순간 문을 두드리는 소리가 났다.

키가 큰 한 여자와 서너 남자가 집 안으로 들어왔다. 그들은 남매들이거나, 시간이 그들을 비슷하게 만들어놓았다고 해야 할까. 주인이 먼저 여자에게 말했다.

「나는 오늘밤 네가 오리라는 것을 알고 있었어. 닐스는 본 적이 있어?」

「가끔. 계속 그림에 몰두하고 있어」

「자신의 아버지보다 더 성공을 거두기를 기대해 보자구」

원고들, 그림들, 가구들, 식기들, 우리들은 집에 아무것도 남겨놓지 않았다.

여자는 남자 둘과 일을 했다. 나는 그들을 도울 수 없는 나의 신체적 허약함에 부끄러움을 느꼈다. 문을 닫지 않은 채로 우리는 짐을 지고 밖으로 나왔다. 나는 그 집의 지붕이 맞배지붕으로 되어 있다는 것을 보았다.

15분쯤 걸은 후 우리는 왼쪽으로 돌아섰다. 저쪽 끝으로 둥근 돔으로 둘러싸인 탑 같은 게 보였다.

「소각장이에요──누군가가 말했다──안에 죽음의 방이 있지요. 내 기억에 아돌프 히틀러라던가 하는 한 박애주의자가 그것을 만들었다고 하더군요」

이제 더 이상 놀라움을 주지 않는 큰 체격의 관리인이 문을 열어주었다. 내가 찾아갔던 집의 남자가 관리인과 몇 마디 얘기를 나누었다. 그가 경내로 들어가기 전 내게 손을 흔들어 보였다.

「눈이 더 올 것 같군」 여자가 말했다.

멕시코 가에 있는 내 서재에는 몇천 년 내에 어떤 사람이 지금 지구 곳곳에 흩어져 있는 어떤 물질들을 가지고 그리게 될 그림 하나가 간직되어 있다.

매수

내가 들려주고자 하는 이야기는 두 사람에 관한 이야기 또는 두 사람이 개입된 어떤 사건에 관한 이야기이다. 특이한 것도 환상적인 것도 아닌 그 사건 자체는 그 주인공들이 가진 특징보다 훨씬 덜 중요하다. 두 사람은 똑같이 허영심 때문에 죄를 저질렀다. 그러나 다른 방식으로 죄를 저질렀고, 그래서 다른 결과를 자아냈다. 그 일화(사실 매우 거창한 것은 아닌)는 얼마 전 미국의 한 주에서 일어났다. 내 생각에도 그것은 다른 나라에서는 일어날 수가 없는 그런 일이다.

1961년 말, 나는 어스틴의 텍사스대학에서 그 두 사람 중의 하나인 에즈라 윈드롭 박사와 장시간 이야기를 나눌 수 있는 기회를 가지게 되었다. 그는 고대영어 교수였다(그는 두 부분을 합쳐 억지로 만든 것으로 생각했기 때문에 〈앵글로-색슨〉이라는 용어를 받아들이려고 하지 않았다). 나는 그가 단 한 차례도 나의 기분을 상하도록 하지 않고서 많은 오류와 영어에 대한 성급한 편견들을 정정해 주었던 게 기억난다. 나는 그가 자신의 시험 시간에 문제를 내지 않고 학생들로 하여금 이런저런 주제를 자유로 선택하여 그것에 대해 설명하도록 한다는 소리를 들었다. 오래된 청교도의 혈통을 가진, 보스턴 출생의 윈드롭이었기에 남부의 관습이나 편견에 익숙해지기에는 무척 힘이 들었으리라. 그는 눈(雪)을 그리워했다. 그러나 마치 우리 아르헨티나 사람들이 더위를 경계하는 것만큼이나 북부 사람들 또한 더위를 경계하는 것에 길들여져 있다는 것을 나는 깨달았다. 나는 상당히 키가 크고, 회색 머리에, 날렵하다기보다는 강하다고 해야 할 그에 대한 흐릿한 기억을 가지고 있다. 나는 그의 동료 교수였던 허버트 록크에 대해 보다 선명한 기억을 가지고 있다. 그는 내게 『대칭법의 역사를 향하여』라는 자신의 책을 주었다. 그 책에는 색슨 족이 바다에 대해서는 〈고래의 길〉, 독수리에 대해서는 〈전쟁의 솔개〉 등과 같이 어떻게 보면 지나치게 기계적인 비유들을 쓰기 시작한 게 얼마 되지 않았다고 나와 있다. 반면에 스칼드(스칸디나비아의 음유시인)들은 설명이 불가능한 지점까지 그것들을 섞고 교합했다고 쓰고 있다. 내가 허버트 록크의 이름을 언급한 것은 그가 이 이야기의 필수적인 한 부분을 차지하기 때문이다.

   나는 이제 아마 이 이야기의 진정한 주인공일 것인 아이슬랜드인 에릭 아이너슨에 대해 말하고자 한다. 나는 그를 단 한번도 본 적이 없다. 그는 내가 케임브리지에 있던 1968년에 텍사스로 왔다. 그러나 우리 두 사람 모두의 친구였던 라몬 마르띠네스 로뻬스의 편지들이 나로 하여금 그에 대해 매우 가까운 감정을 느끼도록 만들었다. 나는 그가 충동적이고, 열정적이고, 냉철한 성격에 키가 큰 사람들이 사는 땅에서조차 키가 큰 사람이었다는 것을 안다. 붉은 머리를 가지고 있었기 때문에 학생들이 그를 빨간 에릭이라고 불렀다는 것은 피할 수 없는 일이었을 게다. 그는 외국인에 의한 불가피하고, 그릇된 사투리의 사용은 그 사람을 일종의 침입자로 만든다는 의견을 가지고 있었다. 그는 또한 그 어떤 경우에도 오케이라고 말하는 법이 없었다. 북구어, 영어, 라틴어, 그리고 (그 스스로 인정을 하지는 않겠지만) 독일어에 대한 탁월한 연구가였던 그는 미국의 대학에서 전혀 힘들이지 않고 자리를 잡았다. 그의 첫번째 글은 덴마크어가 웨스트몰랜드[1] 호반 지역에 미친 영향에 대해 드 퀸시가 쓴 네 편의 논문에 관한 연구 논문이었다. 이어 그는 요크셔 지방 방언들 중의 하나에 대한 논문을 썼다. 두 논문 모두 좋은 평가를 받았다. 그러나 아이너슨은 자신의 경력을 위해 기발한 어떤 것이 필요하다고 생각했다. 1970년 그는 예일대학 출판부에서 말돈의 발라드에 관한 긴 비평서를 발간했다. 그의 주석들이 가진 학문성은 부정할 수 없는 것이었다. 하지만 서문의 몇몇 가설들은 학계의 거의 은밀한 모임들에서 적잖은 논쟁을 불러일으켰다. 예를 들어 아이너슨은 〈비록 아주 간접적이기는 하지만 『베어울프』[2]의 신중한 수사법이 아닌 핀 족의 잔존하는 영웅시적 요소들을 가지고 있는 그 시는 형식적인 측면에서 탁월한 면을 가지고 있다, 그리고 감동적인 세부 정황묘사는 기이하게도 우리 아이슬랜드의 사가(설화)에서 의당 예찬되고 있는 형식적 요소들을 내포하고 있다〉는 견해를 내세우고 있었다. 그는 또한 엘핀스톤의 텍스트에 관한 여러 주석들에 대해서도 수

---

[1] 잉글랜드 북서부의 옛 주의 이름으로 지금은 컴브리아라고 불린다.
[2] 8세기 초 고대 영국의 서사시.

정론을 내놓았다. 1969년 그는 이미 텍사스대학의 교수로 임명되어 있었다. 모두가 알고 있는 것처럼 미국의 대학들에서 독일어권 학술대회는 자주 열린다. 윈드롭 박사는 그 전해 이스트 랜싱에서 열린 중요한 독일어권 심포지엄에서 논문을 발표할 기회를 가졌었다. 안식년에 들어갈 준비를 하고 있던 학과장은 윈드롭에게 위스콘신에서 열릴 다음 심포지엄에 파견할 후보자를 한번 생각해 보라고 요청했다. 실제로 후보는 허버트 록크와 에릭 아이너슨 둘뿐이었다.

칼라일과 마찬가지로 윈드롭은 조상들의 청교도 신앙은 버렸지만 그것의 정신마저 버린 것은 아니었다. 그는 어떤 의견도 내놓지 않을 예정이었다. 왜냐하면 그가 해야 할 바는 명백했기 때문이었다. 허버트 록크는 1954년부터 여러 대학에서 클래버의 판 대신 채택한 윈드롭의 『베어울프』 주석판과 관련하여 아주 많은 도움을 주었다. 록크는 그때 독일학 전공자로서는 매우 유용한 저술이 될 『영어-앵글로색슨어 사전』을 편찬하고 있었다. 그 사전은 어원학 사전을 들춰보아야 하는 독자들의 빈번한 헛된 수고를 덜어주게 될 것이었다. 아이너슨은 또한 그보다 나이가 훨씬 젊었다. 그의 오만한 태도는 윈드롭까지를 포함하여 모든 사람들의 미움을 샀다. 말돈에 관한 아이너슨의 비평서는 자신의 이름을 널리 알리는 데 크게 기여했다. 그는 논쟁의 대가였으며 수줍어하고 과묵한 록크보다는 심포지엄에 훨씬 적합한 인물이었다. 이처럼 그가 숙고를 거듭하고 있는 동안 예일대학의 한 학술지에 대학에서의 앵글로색슨 문학과 언어 교육에 관한 방대한 논문 한 편이 선을 보였다. 논문의 말미에는 암시적으로 자신의 신분을 밝히는 〈E. E.〉라는 머릿글자가 적혀 있었다. 그리고 어떤 의심조차 희석시켜 버리려고 하는 듯 그 아래에는 〈텍사스대학〉이라는 학교명이 부기되어 있었다. 정확한 영어를 구사하는 외국인에 의해 씌어진 그 논문은 극도의 정중한 언사를 동원하고 있었음에도 불구하고 그 안에 일종의 난폭함을 담고 있었다. 그 글은 〈고대의 작품이기는 하지만 유사 버질[3]적이고 수사적인 형태를 취하고 있는 『베어울프』를 가지고 앵글로색슨 문학의 연구를 시작하는 것은 마치 밀턴의 고양된 시를 가지고 영국 문학에 대한 연구를 시작하는 것과 마찬가지이다〉라고 공박하고 있었다. 그 글의 저자는 연대적 순서를 뒤집어 일상적 언어가 침윤되어 있는 11세기의 시 「무덤」으로부터 시작해 최초의 작품들로 거슬러 올라가는 게 어떻겠느냐고 제안하고 있었다. 『베어울프』에 관해서는 3천 행이 넘는 장황한 체계 중에서 몇 부분을 발췌해 연구하는 것으로 충분하지 않겠느냐는 것이었다. 예를 들어, 바다에서 와서 바다로 돌아가는 스킬드의 장례식 장면 같은 것. 그 논문에는 윈드롭의 이름이 전혀 언급되어 있지 않았다. 그럼에도 불구하고 윈드롭은 자신이 집요하게 공격당했다는 것을 깨닫지 않을 수가 없었다. 하지만 그것보다는 자신의 교육 방법에 대한 비판에 더욱 마음이 쓰라렸다.

  단 며칠밖에 남아 있지 않았다. 윈드롭은 공명정대하기를 원했기 때문에 이미 여러 사람에게 읽히고 언급된 아이너슨의 글이 자신의 결정에 영향을 미치는 것을 용납할 수 없었다. 두 사람 중 하나를 선택하는 일은 그다지 쉬운 일이 아니었다. 어느 날 아침 윈드롭은 자신의 상관과 얘기를 나누었다. 그날 오후 아이너슨은

---

3) 기원전 70-19년, 로마의 시인.

위스콘신에 파견될 공식 대표로 선정되었다는 통보를 받았다.

출발 전날 아이너슨이 에즈라 윈드롭의 연구실에 모습을 드러냈다. 그는 잘 다녀오겠다는 인사 겸 감사의 인사를 하기 위해 윈드롭을 찾아온 것이었다. 창문들 중의 하나는 나무들이 우거진 비탈길을 향해 나 있었고, 방 안은 책장들로 가득 차 있었다. 아이너슨의 눈에 『아이슬랜드 에다』[4]의 첫번째 판본이 금세 뛰어들어왔다. 윈드롭은 아이너슨에게 그가 좋은 성과를 거두리라 확신하고 자신에게 감사해야 할 것은 아무것도 없다고 말했다. 내가 잘못 알고 있지 않는 한 그들의 대화는 긴 시간 동안 계속되었다.

「우리 솔직하게 이야기를 하지요——아이너슨이 말했다——이 대학에서 우리들의 상관인 리 로젠탈이 당신의 충고에 따라 나를 우리 대학의 대표로 임명하기로 결정했다는 사실을 모르는 녀석은 아무도 없어요. 나는 그를 실망시키지 않기 위해 최선을 다할 겁니다. 내 어린 시절의 언어는 사가(북구의 산문 설화)의 언어이고, 나는 나의 영국인 동료들보다 앵글로색슨어를 더 잘 발음합니다. 나의 학생들은 〈cunning〉이라고 하지 않고 〈cyning〉이라고 말합니다. 그들은 또한 내가 교실에서는 절대 담배를 피우지 못하게 하고, 마치 히피들 같은 차림새를 하고선 수업에 오지 못하게 한다는 것을 잘 알고 있습니다. 나의 패배한 경쟁자에 관해 내가 비판을 가한다면 그것은 매우 신사답지 못한 행동이겠지요. 그는 대칭법에 관한 저술에서 원전들뿐만 아니라 마이스너와 마르과르트의 타당성 있는 저술들에 관한 괄목할 만한 연구 업적을 드러내 보여주었지요. 그렇지만 그런 모든 핵심에 비켜가는 것들

---

[4] 에다는 산문으로 되어 있는 사가와 더불어 운문으로 되어 있는 북구의 대표적 신화집.

은 집어치워버립시다. 나로서는 당신에게 개인적인 설명을 해야 될 필요성을 느낍니다, 윈드롭 박사님. 나는 1967년 말경에 내 조국을 떠났지요. 어떤 사람이 먼 곳으로 이민을 가려고 결정하면 그는 자신에게 성공을 거두어야 한다는 의무감을 철저하게 주입시킵니다. 근본적으로 문헌학적 성격을 띠고 있는 나의 첫번째 두 소품들은 나의 능력을 보여주기 위한 것 외에 다른 어떤 목적도 없었습니다. 당연히 그것으로는 충분치가 않았지요. 나는 한두 줄 정도 빠뜨릴까 모두 암송을 할 수 있는 말돈의 발라드 시에 관해 항상 관심을 가지고 있었지요. 나는 예일대학 출판부로 하여금 그것에 대한 비평서를 출판하도록 하는 데 성공했지요. 당신이 알고 있는 바대로 그 시는 노르웨이의 승리를 담고 있습니다. 그러나 나는 그것이 후기 아이슬랜드 사가에 영향을 미쳤다는 견해에 대해서는 억측에다 얼토당토않다는 판단을 하고 있습니다. 그런데도 내가 그러한 반론을 포함시킨 것은 단지 영어 사용권 독자들을 즐겁게 해주기 위해서였을 뿐입니다.

이제부터 이야기는 핵심에 이르게 됩니다. 《예일 먼슬리 *Yale Monthly*》에 실린 그 문제적인 글 말입니다. 당신 또한 눈치를 챘겠지만 그 글은 나의 주장을 정당화하고 있는, 또는 정당화시키고자 하는 의도에 따라 쓰여진 글입니다. 그렇지만 그것은 은밀하게 당신의 견해가 가진 문제점들을 확대 과장시켜 놓고 있지요. 학생들로 하여금 혼란스러운 이야기를 들려주고 있는 뒤얽힌 3천 행의 시를 억지로 읽게 하는 대신, 만일 학생이 끝까지 포기하지 않는다면 그로 하여금 앵글로색슨 문학의 전체적인 조감도를 즐기면서 방대한 양의 어휘들에 접하도록 만드는 교육 방식 말입니다. 위스콘신에 가는 게 나의 진정한 목적이지요. 존경하는 교수님, 당신이나 나나 그런 회합들이란 게 쓸데없는 돈이나 낭비하는 허울좋은 껍데기에 불과하지만 반대로 경력을 쌓기 위해 매우 유용한 증빙자료라는 것을 잘 알고 있지요」

윈드롭이 놀란 얼굴로 그를 쳐다보았다. 윈드롭은 지성적인 사람이었다. 그러나 그는 모든 것, 학회와 일종의 우주적 농지거리에 불과할지도 모를 세계를 포함한 모든 것들을 심각하게 받아들이는 경향이 있었다. 아이너슨이 말을 이어갔다.

「아마 당신은 우리가 처음 나누었던 대화를 기억하실 겁니다. 내가 뉴욕에서 도착했을 때 말입니다. 일요일이었던가요. 학교 식당의 문이 닫혀 있었기 때문에 우리는 아침을 먹으려고 나이토크로 갔지요. 그 만남에서 나는 많은 것을 배웠습니다. 나는 올바른 유럽인으로서 미국의 남북전쟁이 노예해방을 위한 십자군 전쟁이었다고 생각하고 있었지요. 그런데 당신은 남부도 나름대로 연방에서 탈퇴하고 자신들 고유의 제도를 지킬 권리를 가지고 있었다고 주장하는 거예요. 당신은 당신의 주장에 더 큰 무게를 주기 위해 당신은 북부인이고, 당신 선대들 중의 한 분이 헨리 할렉[5]의 휘하 병사로 참전했다고 말씀하시더군요. 또한 남군들의 용맹함에 대해서도 언급했구요. 나는 거의 즉각적으로 한 사람의 특성을 판단하는 것에 남다른 능력을 가지고 있는 사람입니다. 그날 아침만으로도 충분했지요. 존경하는 윈드롭 박사님, 나는 당신이 공평성에 대한 미국인 특유의 열정에 사로잡혀 있다는 것을 깨달은 거지요. 그 무엇보다 당신은 공정하기를 원하는 그런 타입의 사람이지요. 당신이 바로 북부인이라는 사실 때문에 당신

---

5) Henry Wager Halleck(1815-1872) : 미국의 장군.

은 남부의 주장에 대해 이해하고 그것을 정당화시켜 보려고 하는 거지요. 나는 당신이 로젠탈에게 건넬 몇 마디가 나의 위스콘신 행에 결정적 역할을 하게 되리라는 사실을 알게 되자마자 나는 나의 그 작은 발견을 이용해 보기로 마음 먹었지요. 나는 당신이 항상 강단에서 준수하는 그 방법론을 공격하는 게 당신의 찬성표를 얻는 가장 효과적인 수단이라는 것을 깨달은 거지요. 나는 즉시 논문을 썼지요. 《예일 먼슬리》는 저자의 머릿글자만 쓰도록 하는 게 관습으로 되어 있죠. 하지만 나는 저자의 정체에 대해 아주 작은 의심조차 하지 못하도록 모든 방법을 다 동원했던 거예요. 나는 많은 동료 교수들까지 포함해 여러 사람에게 그 사실을 털어놓았지요」

긴 침묵이 흘렀다. 먼저 침묵을 깬 사람은 윈드롭이었다.

「이제 이해가 되는군——그가 말했다——나는 허버트의 오랜 친구이고 그의 연구 업적에 대해 높은 평가를 하는 사람이오. 당신은 직접, 간접으로 나를 공격했지요. 만일 내가 당신에 대해 반대표를 던졌다면 그것은 일종의 앙갚음이 됐을 것이오. 나는 그와 당신의 장점들을 견주어보았고, 그 결과는 당신이 이미 알고 있는 바대로요」

그가 큰소리로 생각하듯 덧붙였다.

「아마 나는 복수를 하지 않겠다는 허망한 생각에 굴복했는지도 모르지요. 당신이 보는 것처럼 당신의 전략은 성공을 한 거요」

「전략이란 아주 공평무사한 단어입니다——아이너슨이 대꾸했다——그러나 나는 내가 한 일에 대해 후회는 하지 않습니다. 나는 항상 우리 과에 최상의 이익이 되게끔 행동할 겁니다. 어찌됐든 나는 이미 위스콘신에 가기로 마음을 굳혔구요」

「내가 처음 만나게 된 바이킹이시군」 윈드롭이 입을 열면서 아이너슨을 응시했다.

「또 다른 낭만적 미신이군요. 스칸디나비아인이라고 해서 꼭 바이킹의 후예가 되어야 하는 건가요. 나의 선대 사람들은 복음주의 교회의 선량한 목자들이셨지요. 10세기경의 내 조상들은 토르 신[6]의 선량한 제사장들이었구요. 내가 알고 있는 한 나의 가계 중 바닷사람은 단 한 사람도 없었어요」

「나의 가계에는 아주 많이 있었지요──윈드롭이 대답했다──그렇지만 우리는 서로가 아주 다른 사람들은 아니오. 한 가지 죄가 우리를 묶어주고 있는 거요. 허망함이라는 죄. 당신은 당신의 그 빼어난 계교를 자랑하기 위해 나를 방문했소. 나는 내가 공정한 사람이라는 것을 뽐내기 위해 당신의 계략을 뒷받침해주었고」

「또 다른 공통점이 하나 더 있지요──아이너슨이 대꾸했다──국적이요. 나는 미국 시민이니까요. 나의 종착지는 이곳이지요. 울티마 툴리[7]가 아니구요. 아마 당신은 단순히 여권이 한 사람의 본성을 바꾸어놓지는 못한다고 말하겠지요」

그들은 악수를 나누었고, 그리고 헤어졌다.

---

6) 북유럽 신화에 나오는 신의 이름.
7) 고대인들이 세계의 북쪽 끝에 있었다고 믿었던 나라.

아벨리노 아레돈도

사건은 1897년 몬테비데오[1]에서 일어났다.

그들은 집에 사람들을 초대할 능력이 없거나, 또는 자신이 집에서 탈출하고 싶어한다는 사실을 깨닫고 있는 선량한 가난뱅이들이 그러하는 방식으로 카페 〈지구〉에 모이곤 했다. 그들은 모두 몬테비데오 출신들이었다. 그들은 처음에 아레돈도와 친구가 되는 것에 무척 어려움을 느꼈다. 아레돈도는 내륙 출신으로 자신의 속 이야기를 털어놓지도, 그렇다고 다른 사람들로 하여금 그렇게 하도록 부추기지도 않았다. 스물이 갓 넘은 그는 마르고 거무튀튀하고 약간 키가 작다고 해야 했고, 다소 촌스러운 데가 있었다. 만일 졸리운 듯하면서도 동시에 생기가 있어 보이는 그의 눈이 아니었더라면 그의 얼굴은 사람들 눈에 거의 띄지 않을 정

---

[1] 우루과이의 수도.

도로 평범했다. 그는 부에노스 아이레스 가에 있는 잡화상의 점원으로 일하면서 파트 타임으로 법학을 공부하고 있었다. 다른 사람들은 나라를 쑥대밭으로 만들어놓고 있고, 일반의 의견에 따르면 대통령이 음험한 목적에 따라 질질 끌어가고 있는 전쟁에 대해 냉소를 보이고 있었지만 아레돈도는 침묵을 지켰다. 그는 또한 그들이 짠돌이라고 놀려도 또한 침묵을 지켰다.

세로스 블랑꼬스 전투[2]가 끝난 직후 아레돈도는 친구들에게 메르세데스[3]에 가야 하기 때문에 얼마 동안 자신을 보지 못하게 될 거라고 말했다. 아무도 그 소식에 큰 관심을 기울이지 않았다. 누군가 그에게 아빠리시오 사라비아[4]의 가우초들을 조심하라고 충고했다. 아레돈도는 미소를 지으며 자신은 블랑꼬 당원들을 두려워하지 않는다고 대꾸했다. 블랑꼬 당의 당원이었던 그 친구는 입을 다물어버렸다.

아레돈도는 자신의 애인인 끌라라에게 작별인사를 하는 데 더한층 어려움을 겪었다. 그는 자신의 친구들에게 사용했던 비슷한 방식의 말로 작별을 고했다. 그는 그녀에게 몹시 바쁠 것이기 때문에 편지 같은 건 기대하지 말라고 다짐을 주었다. 그녀는 편지 쓰는 것에 익숙하지 않았기 때문에 별다른 이의 없이 그의 양해을 받아들였다. 둘은 서로 깊이 사랑하고 있었다.

아레돈도는 교외에 살고 있었다. 자신과 똑같은 성을 가진 한 검둥이 여자가 그를 돌보아주고 있었다. 왜냐하면 〈대전쟁〉[5] 당

---

2) 1897년 우루과이에서 벌어진 내란으로 대통령이었던 후안 이디아르떼 보르다가 암살당했다.
3) 우루과이의 지역 이름.
4) Aparicio Saravia(1856-1904) : 우루과이의 토호로 블랑꼬 당을 만들어 내란을 일으켰으나 1904년 패배했다.

시 그녀의 부모들이 그의 가족의 하인들이었기 때문이었다. 그녀는 그가 전적으로 신임할 수 있는 여자였다. 그는 그녀에게 누구든 자신을 찾는 사람이 있으면 시골로 갔다고 말하라고 지시했다. 그는 이미 자신의 직장에서 마지막 월급까지 받은 뒤였다.

그는 흙마당 쪽으로 뚫려 있는 집의 골방으로 거처를 옮겼다. 그것은 별달리 거창한 조처는 아니었다. 그럼에도 불구하고 그것은 그의 자발적 은둔을 시작하는 데 일조를 해주었다.

중단되었던 낮잠을 다시 즐기기 시작한 좁다란 철제 침대에서 그는 약간은 슬픈 얼굴로 텅 빈 서고를 바라보곤 했다. 그는 『법학개론』을 포함해 가지고 있던 모든 책들을 이미 팔아치워 버렸다. 그에게 남은 유일한 책은 전에 읽어본 적도 없고, 앞으로도 결코 끝까지 읽게 되지 않을 성경뿐이었다.

그는 이따금은 흥미를 느껴, 또는 지루해 성경의 책장을 넘겨보곤 했다. 그는 의식적으로 「출애굽기」와 「전도서」의 몇몇 부분들을 머릿속에 외워보려고 했다. 그는 자신이 읽고 있는 부분에 대한 이해에는 관심을 기울이지 않았다. 그는 자유사상가였다. 그러나 몬테비데오로 올 때 어머니에게 그렇게 하겠노라고 약속했던 바대로 단 하룻밤도 주기도문을 외는 것을 빠뜨린 적이 없었다. 모자간의 이러한 약속을 어기는 것은 그에게 불운을 가져다줄 것이었다.

그는 자신의 목표일이 8월 25일이라는 것을 알고 있었다. 그는 자신이 이겨내야 할 날짜가 정확히 며칠인지를 알고 있었다. 일단 목적이 이루어지면 시간은 멈추게 될 것이고, 아니 그 뒤에

---

5) 1863-1865년 사이에 우루과이에서 벌어진 내전.

일어나는 일들이란 아무런 의미가 없게 될 것이었다. 그는 마치 행운이나 석방을 기다리는 사람처럼 그날을 기다렸다. 그는 끝없이 들여다보는 것을 피하기 위해 시계를 멈춰놓았다. 그럼에도 불구하고 그는 매일 밤 열두 번 울리는 마을의 어두운 종소리를 들으면서 하루하루 넘기는 달력의 종이 한 장을 찢고, 그리고 〈이제 하루가 또 지나갔군〉 하고 생각했다.

처음에 그는 규칙적인 일상을 확립하는 데에 힘을 기울였다. 마떼 차를 끓이고, 자신이 직접 만 터키제 담배를 피우고, 정해놓은 분량의 성경 페이지들을 읽고 또 읽고, 쟁반에 담아 식사를 가져오는 하녀 끌레멘띠나와 얘기를 나누고, 촛불을 끄기 전에 자신이 하게 될 연설의 내용을 검토해 보고 다듬는 일. 이미 노인이 다 된 여자와 얘기를 나누는 것은 쉬운 일이 아니었다. 왜냐하면 그녀의 기억이란 시골과 그곳에서의 일상에 멈춰 있었기 때문이었다.

그는 또한 장기판을 펼쳐놓은 채 결코 끝이 나지 않는 제멋대로의 게임을 즐기기도 했다. 장기알 중에는 성(城)이 빠져 있었는데 그는 탄환이나 2센트짜리 동전으로 그것을 대체하곤 했다.

아레돈도는 시간을 보내기 위해 매일 아침 마른 걸레와 비를 가지고 방을 청소하고 거미줄을 걷어내곤 했다. 검둥이 하녀는 그가 자신의 영역인데다 솜씨도 없는 그런 하잘것없는 일에 그 자신을 격하시키는 것을 못마땅해했다.

그는 해가 이미 중천에 떠오른 뒤에 잠자리에서 일어나기를 원했다. 그러나 새벽에 일어나는 그의 습관은 그의 의지보다 강했다. 그는 친구들이 몹시 그리웠지만 별 쓸쓸한 감정 없이 자신의 어쩔 수 없이 움츠리는 성격 때문에 그들이 자신을 보고 싶어하지 않으리라는 것을 알고 있었다. 어느 날 저녁, 그들 중의 하나가 그의 집을 찾아왔지만 문 밖에서 돌아가야 했다. 끌레멘띠나는 그가 누구인지를 몰랐다. 따라서 아레돈도는 그가 누구인지 알게 되는 일은 불가능해져 버리고 말았다. 그는 전에 열렬한 신문 애독자였기 때문에 그에게 그 덧없는 자질구레한 것들의 박물관을 포기하는 것은 그다지 쉬운 일이 아니었다. 그는 깊게 생각하거나 심사숙고하는 부류의 사람이 아니었다.

그의 낮과 밤은 똑같았다. 그러나 일요일이 가장 힘들었다.

7월 중순 그는 어떤 식으로든 우리를 끌고가는 시간을 뭉뚱그려 한 덩어리로 만들어버리려고 했던 것 자체가 오판은 아니었을까 하는 생각이 들었다. 그때 그는 자신의 상상력이 당시 피로 물들어 있는 우루과이 땅 전체를 떠돌아다니도록 내버려두고 있었다. 자신이 연을 날리곤 했던 구릉진 울퉁불퉁한 산따 이레네의 들판들, 지금은 이미 죽었을 점박이 말, 소몰이꾼들에 의해 끌려가던 소떼들이 일으키던 먼지, 자질구레한 물건들을 싣고 한 달에 한번 프라이 벤또스에 오던 지친 마차, 33인의 국가 영웅들[6]이 상륙했던 라 아그라시아다 만, 에르비데로, 언덕들과 산들과 강들, 그가 플라따 강 양쪽에 비슷한 언덕은 없을 거라고 생각하면서 횃불이 있는 곳까지 올라갔던 〈세로〉(언덕이라는 뜻)를. 몬테비데오 만이 내려다보이는 그 언덕에서 그의 생각은 우루과이의 국가적 상징인 또 다른 언덕으로 옮겨갔고, 그는 잠에 빠져들었다.

매일 밤 해풍이 포근히 잠을 이루도록 해주는 서늘함을 실어다

---

6) 1825년 라바예해의 통솔로 우루과이 33인의 영웅들이 우루과이를 브라질 치하에서 해방시킨 역사적 사건을 가리킨다.

주었다. 그는 완전히 밤을 샌 적이 한 차례도 없었다.
 그는 자신의 애인을 완벽하게 사랑했다. 그러나 그는 특히 곁에 없을 때는 더욱더 여자들에 대해 생각해서는 안 된다고 배웠었다. 어린 시절 평원은 그로 하여금 여자 없이 지내는 것에 익숙해지도록 만들어주었었다. 다른 문제와 관련하여 그는 자신이 증오하는 사람에 대해 되도록이면 적게 생각하려고 노력했다.
 지붕에 떨어지는 빗소리가 그의 친구가 되어주었다.
 죄수나 장님에게 가벼운 경사를 따라 흐르는 듯한 시간은 마치 지하수처럼 흐른다. 자신의 은둔 생활을 반쯤 마친 아레돈도는 한 차례 이상 거의 시간 없는 시간을 경험하곤 했다. 집에 있는 세 개의 마당 중 첫번째의 것에는 바닥에 두꺼비가 살고 있는 연못이 하나 있었다. 그는 단 한번도 영원의 경계선에 있는 그 두꺼비의 시간이 자신이 찾고 있는 시간이었다는 데에 생각이 미친 적이 없었다.
 이제 목표의 날짜가 얼마 남지 않게 되자 그는 초조감에 사로잡히기 시작했다. 어느 날 밤 더 이상 견디기가 어려워진 그는 거리로 나갔다. 모든 게 다르게 보이고 더 커보였다. 한 모퉁이를 도는 순간 그는 불빛을 보았고, 그 주막 안으로 들어갔다. 그는 무턱대고 들어온 게 아닌 것처럼 보이기 위해 쓴 사탕수수 술 한 잔을 주문했다. 나무로 된 카운터에서는 몇 명의 군인이 담소를 나누고 있었다. 그 중의 하나가 말했다.
 「자네들 공식적으로 전쟁에 관한 얘기를 말하는 게 금지되어 있다는 건 알겠지. 어제 오후에 어떤 일이 일어났는지 알아. 아마 자네들 귀가 솔깃해질 걸세. 나와 몇몇 부대원들이 〈라 라손〉 방송국 앞을 지나가고 있었지. 그런데 안에서 금지령을 위반하는 어떤 음성이 들려오는 거야. 우리들은 곧장 안으로 들어갔지. 방송국 안은 마치 늑대의 입처럼 깜깜했어. 그렇지만 우리는 계속 말을 하고 있는 자를 향해 냅다 총을 쏘아댔지. 침묵이 다가오자 우리는 사지를 쭉 뻗은 그를 끌고 나오려고 사방을 뒤졌지. 그런데 우리가 발견한 것은 〈축음기〉라고 하는 혼자 말하는 기계였던 거야」

모두가 웃었다.

아레돈도는 그의 이야기에 귀를 기울였었다.

「정말 어처구니없다고 생각 안해, 촌뜨기 양반」

아레돈도는 침묵을 지켰다. 그 군인이 그에게 얼굴을 바짝 들이밀며 말했다.

「빨리 소리를 질러. 우리의 대통령 후안 이디아르떼 보르다 만세!라고」

아레돈도는 명령에 따르지 않았다. 그는 조롱 섞인 박수 소리를 뒤로 한 채 주막을 나왔다. 이미 거리로 나와 있는 그에게 마지막 비아냥이 다가왔다.

「겁이 나면 얼이 빠지는 게 아니라 성을 못 내게 되는 거지」

그는 마치 겁쟁이처럼 행동했었다. 그러나 그는 자신이 그렇지 않다는 것을 알고 있었다. 그는 천천히 집으로 돌아왔다.

8월 25일, 아벨리노 아레돈도는 아홉시가 약간 지난 시각에 일어났다. 그는 먼저 끌라라에 대해 생각했고, 그러고 나서야 날짜에 대해 생각했다. 그는 안도의 한숨과 함께 중얼거렸다. 〈기다리는 일이여, 이제 안녕. 나는 마침내 그날에 도착해 있다.〉

그는 천천히 면도를 했고, 거울 속에서 언제나의 그 얼굴과 마주섰다. 그는 울긋불긋한 넥타이와 가장 좋은 옷을 옷장에서 끄집어냈다. 그는 느지막이 아침을 먹었다. 잿빛 하늘은 비를 예고

해 주고 있었다. 그는 줄곧 그날은 햇빛이 가득할 거라고 생각했었다. 마지막으로 그 습기찬 방을 나설 때 슬픔 같은 것이 그를 엄습했다. 현관에서 그는 끌레멘띠나와 마주쳤고, 남아 있는 돈을 모두 그녀에게 주었다. 그는 철물점의 간판에서 울긋불긋한 마름모꼴들을 보았고, 두 달 이상 자신이 그것들에 대해 생각하지 않았다는 것을 떠올렸다. 그는 사란디 거리를 향해 걸음을 옮겼다. 공휴일이었는데도 행인들은 뜸했다.

그가 마르띠스 광장에 도달했을 때는 아직 세시가 되기 전이었다. 감사 미사는 이미 끝난 뒤였다. 일단의 신사들, 장교들, 성직자들이 성당의 낮은 계단들을 따라 내려오고 있었다. 처음에 통이 높은 모자들, 몇 개는 여전히 손에 쥐어져 있고, 제복들, 금술 장식들, 무기들, 성직자들의 수단들은 그에게 그들이 아주 많은 수인 것 같은 착각을 불러일으켰다. 사실 그들은 채 30명이 넘지 않았다. 아레돈도는 공포심 대신 일종의 존경심을 느꼈다. 그는 누가 대통령인가 물었다. 그들이 그에게 대답했다.

「고깔모자를 쓰고 지팡이를 짚고 가는 대주교님 옆에 계시는 분이 그 분이오」

그는 권총을 꺼내 방아쇠를 당겼다.

이디아르떼 보르다 대통령은 몇 발자국 앞으로 나가다 풀썩 쓰러지면서 똑똑하게 말했다.

「나는 죽었어」

아레돈도는 자진하여 항복했다. 나중에 그는 말했으리라.

「나는 꼴로라도 당원[7]이다. 나는 우리 당을 모함하고 해악을

---

7) 블랑꼬 당과 대립관계에 있던 당.

끼친 대통령을 살해했다. 나는 눈치를 못 채도록 하기 위해 내 친구들, 그리고 애인과도 만나지 않았다. 나는 신문에 나오는 기사들 때문에 자극을 받았다는 소리를 듣지 않기 위해 그것들 또한 보지 않았다. 정의를 구현하고자 했던 이 과업은 내 단독으로 이루어진 것이다. 이제 나를 재판하라」

비록 더 복잡한 내용을 그 안에 담고 있겠지만 그 사건은 이런 식으로 일어났으리라. 나는 그렇게 일어났으리라 상상해 본다.

원반

　나는 벌목공이다. 이름 같은 것은 중요하지 않다. 내가 태어났고, 이제 곧 죽게 될 오두막은 숲의 가장자리에 자리하고 있다. 듣기로 숲은 땅을 둘러싸고 있는 바다에까지 뻗어 있고, 숲에는 내 것과 비슷한 통나무 오두막들이 줄줄이 들어서 있다고 한다. 나는 그게 사실인지 아닌지 모른다. 왜냐하면 단 한번도 그 바다를 본 적이 없기 때문이다. 또한 나는 숲의 반대쪽에 가본 적도 없다. 우리가 아직 어린애였을 때 형은 나로 하여금 우리 두 사람이 마지막 한 그루도 남겨놓지 않고 숲 전체의 나무들을 자르겠다는 맹세를 하도록 만들었다. 나의 형은 세상을 떠났다. 그런데 내가 찾고 있는 것, 앞으로 내가 계속 찾게 될 것은 다른 것이다. 서쪽으로는 내가 어떻게 손으로 물고기를 잡을 수 있는지 아는 시냇물이 흐르고 있다. 숲속에는 늑대들이 살고 있는데 나는 그놈들을 두려워하지 않는다. 나의 도끼는 단 한번도 기대를 배반

한 적이 없다. 나는 내 나이를 세어본 적이 없다. 나는 내 나이가 많다는 것을 안다. 더 이상 내 눈은 보이지 않는다. 나는 더 이상 마을에 가지 않는다. 왜냐하면 가면 길을 잃을 것이기 때문이다. 나는 구두쇠로 소문이 자자하다. 그렇지만 벌목공이 얼마나 많은 돈을 모을 수 있단 말인가?

나는 눈이 집안으로 쏟아져 들어오지 않도록 오두막 문을 나무 빗장으로 걸어 잠근다. 아주 오래전 어느 오후, 나는 무거운 발자국 소리, 그리고 이어 문을 두드리는 소리를 들었다. 나는 문을 열었고, 낯선 사람이 안으로 들어왔다. 그 이방인은 키가 크고 나이가 지긋했는데 닳아빠진 담요를 둘러쓰고 있었다. 얼굴에는 흉터가 나 있었다. 세월은 그에게 왜소함보다 권위를 가져다준 것 같았다. 그러나 세월이 지팡이를 짚지 않고는 잘 걷지 못하도록 만들고 있다는 것 또한 볼 수 있었다. 우리는 지금은 기억나지 않는 몇 마디 말을 나누었다. 마침내 그 노인이 말했다.

「나는 집이 없어 몸을 뉘일 만한 곳이면 아무 데서나 잔다오. 나는 색슨 왕국의 방방곡곡을 다 돌아다녀보았다오」

이 말은 그의 나이를 간접적으로 증명해 주고 있었다. 나의 부친은 항상 색슨이라고 말했지만 요즘 사람들은 영국이라고 말한다.

나는 빵과 생선을 가지고 있었다. 식사를 하는 동안 우리는 아무 얘기도 나누지 않았다. 비가 내리기 시작하고 있었다. 나는 몇 벌의 짐승 가죽들을 펼쳐 내 형이 죽었던 흙바닥에 그의 잠자리를 만들어주었다. 밤이 되자 우리는 잠자리에 들었다.

우리가 오두막을 나섰을 때는 여명이 밝아오고 있었다. 비는 그쳐 있었고, 땅은 하얀 눈으로 뒤덮여 있었다. 그가 지팡이를 떨어뜨렸고, 그가 내게 그것을 집어달라고 명했다.
「내가 왜 당신의 명령을 좇아야 하지요?」 내가 그에게 물었다.
「왜냐하면 나는 왕이기 때문이지」 그가 대답했다.
나는 그가 미친 사람이 아닌가 생각했다. 나는 지팡이를 집어 들어 그에게 건넸다.
그가 달라진 목소리로 말했다.
「나는 색슨의 왕이다. 나는 격렬했던 수많은 전쟁을 승리로 이끌었지. 그러나 운명의 시간이 다가오면서 나는 왕국을 잃게 된 거야. 나의 이름은 이세른이고 오딘의 후예이다」
「나는 오딘이 아니라 예수 그리스도를 신봉합니다」 나는 그에게 대꾸했다.
그는 마치 내 말을 듣고 있지 않은 듯 덧붙였다.
「나는 메마른 광야를 헤매고 있지만 여전히 왕이다. 왜냐하면 원반을 가지고 있기 때문이다. 그것을 보고 싶은가?」
그가 뼈마디로 앙상한 손바닥을 폈다. 손바닥 안에는 아무것도 없었다. 그제서야 나는 그가 계속 손을 꼭 쥐고 있었다는 것을 깨달았다.
그가 나를 응시하며 말했다.
「만져보아도 괜찮다」
나는 왠지 꺼림칙한 기분과 함께 손가락 끝으로 그의 손바닥을 만져보았다. 나는 차가운 어떤 것을 느꼈고, 반짝거리는 무엇인가를 보았다. 그가 금세 손을 쥐어버렸다. 나는 아무 말도 하지 않았다. 그가 마치 어린애와 얘기를 나누고 있는 듯 끈질지게 말을 이어갔다.
「오딘의 원반이지. 한쪽 면밖에 가지고 있지 않는. 이 지구상에서 이것 외에 한쪽 면만 가지고 있는 그런 물건은 없지. 이것이 내 손 안에 있는 한 나는 계속 왕인 거지」

「금으로 되어 있나요?」 나는 그에게 물었다.

「나도 알지 못해. 단지 오딘의 원반이고 한쪽 면밖에 가지고 있지 않다는 것뿐」

그러자 나는 그 원반을 차지하고 싶은 욕망을 느꼈다. 만일 그게 내 것이라면 금 한 덩어리와 바꾸거나 왕이 될 수 있을 것이었다.

나는 지금까지도 증오해 마지않는 그 방랑자에게 말했다.

「나는 오두막에 금화 한 상자를 숨겨놓았어요. 금으로 된 그것들은 마치 도끼처럼 반짝거리지요. 만일 내게 그 오딘의 원반을 준다면 당신에게 그 금화들을 드리겠소」

그가 고집스럽게 말했다.

「싫네」

「그렇다면 당신은 이제 당신 갈 길을 가세요」

그가 돌아섰다. 그로 하여금 비칠거리다 쓰러지게 만드는 것은 목 뒤를 내려친 단 한 차례의 도끼질로 충분했다. 그러나 쓰러지면서 그가 손바닥을 벌렸고, 나는 허공에서 반짝거리는 무엇을 보았다. 나는 도끼로 그 자리를 잘 표시해 놓은 다음 시체를 물이 잔뜩 불어 있는 개울로 끌고 갔다. 그곳에 나는 시체를 버렸다.

집으로 돌아오면서 나는 원반을 찾아보았다. 나는 그것을 발견할 수가 없었다. 나는 몇 년 전부터 계속 그것을 찾고 있다.

모래의 책

……모래로 만든 그대의 밧줄……

조지 허버트(1593-1623)[1]

선은 무한한 점들로 이루어져 있다. 면은 무한한 선들로 이루어져 있다. 부피는 무한한 면들로 이루어져 있다. 4차원적 부피는 무한한 부피들로 이루어져 있다. ……아니 의심할 바 없이 이러한 방식은 〈보다 기하학적인〉 나의 이야기를 시작하는 최고의 방법이 아니다. 요즘의 모든 허구적 이야기들은 유행처럼 그것이 사실이라고 주장한다. 그렇지만 나의 이야기는 그야말로 사실이다.

나는 벨그라노 거리에 있는 한 건물의 4층에 산다. 몇 달 전 저녁 무렵 나는 누군가 문을 노크하는 소리를 들었다. 문을 열자 낯선 사람이 문 앞에 서 있었다. 그는 형용키 어려운 생김새를 가진 키가 큰 남자였다. 아마 나의 근시안이 그를 그렇게 보도록 만들었는지도 모른다. 그의 모든 행색은 그가 비록 가난하지만 품

---

1) 영국의 종교 시인.

위 있는 사람이라는 것을 보여주고 있었다. 그는 회색 옷에 손에는 회색 가방을 들고 있었다. 나는 즉시 그가 외국인임을 알아차렸다. 처음에 나는 그를 노인으로 생각했다. 그러나 나는 스칸디나비아식의 거의 하얗다고 해야 할 그의 가느다란 금발머리 때문에 그렇게 착각했다는 것을 깨달았다. 한 시간이 채 넘지 않은 대화의 과정에서 나는 그가 오크니[2]에서 왔다는 것을 알게 되었다.

나는 그에게 의자를 가리키며 앉으라고 말했다. 그는 입을 열기 전 잠시 침묵을 지켰다. 마치 지금은 내가 그러한 것처럼 그에게서는 음울함이 새어나오고 있었다.

「나는 성경을 파는 사람입니다」그가 말했다.

나는 우쭐대며 대꾸했다.

「내 집에는 최초의 영어판인 존 위클리프[3]의 것을 비롯한 여러 권의 영어 성경이 있어요. 나는 또한 시프리아노 데 발레라,[4] 문학적 관점에서 볼 때 최악이라고 볼 수 있는 루터의 영역 성경, 그리고 불게이트 라틴어 성경[5]도 가지고 있습니다. 그러니까 확실히 나한테는 성경이 전혀 필요가 없는 거지요」

잠시의 침묵 후 그가 내게 말했다.

「단지 성경만을 파는 게 아닙니다. 아마 당신이 흥미를 느낄 성스러운 책 한 권을 보여드릴 수 있습니다. 나는 그것을 비카니르[6]의 교외에서 구했지요」

---

2) 스코틀랜드 북부의 섬들을 가리킨다.
3) John Wiclif(1324-1384) : 영국의 종교 개혁가로 성경을 영어로 번역했다.
4) Cipriano de Valera(1532-1602) : 스페인의 사제로 스페인어로 성경을 번역했다.
5) 중세 3-4세기에 라틴어로 번역된 성경에 붙여진 이름.
6) 인도의 지역 이름.

그가 가방을 열어 책 한 권을 탁자 위에 올려놓았다. 그것은 표지가 천으로 된 8절판 책이었다. 그것은 수많은 사람들의 손이 거쳐간 흔적이 역력했다. 그것을 들어본 나는 그것이 주는 무게에 무척 놀랐다. 책등에는 〈성스러운 책〉, 그리고 그 아래에는 〈봄베이〉[7]라고 씌어 있었다.

「19세기에 발간된 것 같은데요」 내가 말했다.

「저는 모릅니다. 전혀 알지 못했습니다」 이것이 그의 대답이었다.

나는 아무 데나 그 책을 펼쳐보았다. 낯선 문자들이었다. 닳고, 인쇄술이 형편없는 책장들은 마치 성경처럼 두 난으로 나뉘어 인쇄되어 있었다. 글은 촘촘하게 단시(短詩) 형식으로 씌어 있었다. 페이지의 위쪽 구석에는 아라비아 숫자가 적혀 있었다. 내 주의를 끈 것은 (예를 들어) 어떤 페이지가 40,514인데 다음 페이지가 짝이 맞지 않게 999라는 사실에 있었다. 나는 한 장을 더 넘겨보았다. 그 페이지는 여덟 개의 숫자로 번호가 매겨져 있었다. 그것에는 마치 사전에서처럼 작은 삽화들이 들어 있었다. 마치 서툰 초등학생이 그린 것 같은 펜으로 그린 닻.

바로 그 순간 그 낯선 사람이 말했다.

「그 그림을 잘 봐두세요. 결코 다시는 보지 못하게 될 테니까요」

그의 단언 속에는 일종의 위협 같은 게 깃들여 있었다. 그렇지만 목소리는 그렇지 않았다.

나는 그 페이지를 잘 기억해 둔 다음 책장을 덮었다. 나는 즉시 그 페이지를 열었다. 나는 닻 그림을, 한 장 한 장 넘겨 찾아

---

7) 인도 서부의 주이자 그 주의 수도 이름.

보았으나 찾을 수가 없었다. 나는 당혹감을 숨기기 위해 그에게 말했다.

「힌두어로 쓴 일종의 경전 같은데, 그렇지 않나요?」

「아닙니다」 그가 대답했다.

그런 다음 그가 무슨 비밀이나 털어놓듯 목소리를 낮추었다.

「나는 평원에 있는 한 마을에서 몇 푼의 루피[8]와 성경 한 권을 주고 그것을 얻었지요. 그 사람은 이 책을 읽을 줄을 몰랐어요. 그는 이 〈책 중의 책〉을 일종의 부적처럼 생각했던 것 같아요. 그는 카스트 제도 하에서 최하계급에 속했던 사람이었어요. 따라서 대부분의 사람들은 타락하지 않는 한 그의 그림자조차 밟지 않으려고 하지요. 그는 말하기를 자신의 책이 〈모래의 책〉이라고 하더군요. 왜냐하면 책도 모래도 처음과 끝이 없기 때문이라나요」

그 낯선 사람이 내게 책의 첫 페이지를 찾아보라고 말했다.

나는 왼손을 책 표지에 놓고 오른손 엄지손가락을 표지 다음 페이지에 집어넣어 책을 펴보려고 했다. 소용없는 일이었다. 계속 표지와 내 손 사이에는 여러 페이지들이 함께 끼여들어 있었기 때문이었다. 마치 책 속에서 페이지들이 점점 불어나는 것 같다고나 해야 할까.

「그러면 마지막 페이지를 한번 펴보세요」

마찬가지로 실패였다. 나는 나의 것이 아닌 목소리로 간신히 중얼거릴 수 있었다.

「이럴 수가 없는데」

성경 판매원은 계속 지켜온 그 낮은 목소리로 내게 말했다.

---

8) 인도의 화폐 단위.

「그럴 리가 없는데 실제로 그러한 걸 어떡합니까. 이 책의 페이지 수는 정확히 무한합니다. 그 어떤 페이지도 첫 페이지가 될 수 없고, 그 어떤 페이지도 마지막 페이지가 될 수 없습니다. 왜 이런 임의적인 방식으로 페이지가 매겨져 있는지 저로서도 알 수가 없습니다. 아마 무한의 수는 그 어떤 수도 받아들인다는 것을 말하려는 것인지도 모르죠」

그런 다음, 마치 큰소리로 생각을 하는 것처럼,

「만일 공간이 무한하다면 우리는 공간의 모든 곳에 있다고 할 수 있지요. 만일 시간이 무한하다면 우리는 모든 시간 속에 있다고 할 수 있는 거지요」라고 말했다.

그의 생각은 나로 하여금 부아가 치밀게 만들었다. 나는 물었다.

「틀림없이 당신은 종교인이시겠군요?」

「그렇습니다. 저는 장로교도입니다. 저의 양심은 깨끗합니다. 나는 이 악마적인 책 대신 성경을 주었기 때문에 그 원주민을 속인 것은 아니라고 생각합니다」

나는 그에게 아무런 자책도 할 필요가 없다고 말해 주었고, 최근에 이 남아메리카에 온 건지 물었다. 그는 며칠 내에 자신의 조국으로 돌아갈 것이라고 말했다. 그렇게 해서 나는 그가 오크니 제도 출신의 스코틀랜드 사람이라는 것을 알게 되었던 것이다. 나는 스티븐슨과 흄[9]을 좋아해 스코틀랜드에 대해 개인적으로 깊은 애정을 가지고 있다고 말했다.

「로비 번스[10] 말입니까」 그가 정정해 말했다.

---

[9] 스티븐슨은 스코틀랜드 출신 작가이고, 흄 또한 스코틀랜드 출신 철학자이다. 두 사람 모두 에딘버러에서 태어났다.
[10] Robbie Burns(1759-1796) : 스코틀랜드 출신 시인.

우리가 얘기를 나누는 동안 나는 계속해서 그 무한한 책을 시험해 보곤 했다. 나는 짐짓 무관심을 가장한 채 물었다.

「혹 이 기이한 책을 대영제국 박물관에 기증할 의사는 없으시나요?」

「없습니다. 저는 이것을 당신에게 드리고 싶습니다」 그가 이렇게 말하면서 매우 높은 액수의 책값을 요구했다.

나는 진심으로 그만한 돈이 내게는 없다고 말했고, 좋은 방법이 없나 생각에 잠겼다. 몇 분 후 좋은 생각이 떠올랐다.

「우리 물물교환을 합시다——내가 그에게 말했다——당신은 이 책을 몇 루피와 성경을 주고 구했소. 나는 대신 얼마 전에 받은 내 연금과 고딕체로 씌어진 위클리프의 성경을 주겠소」

「흑체 활자로 된 위클리프 말입니까!」 그가 뇌까렸다.

나는 방으로 가 돈과 성경을 가지고 나왔다. 그가 책장을 넘겨 문헌학자적인 열의를 가지고 표지 다음 장을 살펴보았다.

「거래는 성사됐습니다」 그가 내게 말했다.

나는 그가 흥정을 하지 않는 것에 놀랐다. 나는 나중에 가서야 처음부터 그가 내게 책을 팔 결심을 하고 나를 찾아왔다는 사실을 깨닫게 되었으리라. 그는 세어보지도 않은 채 돈을 주머니 속에 담았다.

우리는 인도와, 오크니와, 한때 오크니를 통치한 적이 있던 노르웨이의 잘[11]들에 관한 이야기를 나누었다. 우리가 작별인사를 나눈 것은 밤이 으슥해진 뒤였다. 그뒤로 나는 그를 다시 보지 못했거니와 그의 이름조차 알지 못했다.

---

11) jarl : 왕 다음가는 북유럽의 족장.

나는 〈모래의 책〉을 위클리프 성경을 빼버려 남은 공간에 보관할까 생각했다. 그러나 나는 마침내 그것을 몇 권이 빠져 있는 『천일야화』 전집 뒤에 숨겨놓기로 마음을 먹었다.

나는 침상에 드러누웠지만 잠을 이룰 수가 없었다. 새벽 서너 시경 나는 불을 밝히고야 말았다. 나는 그 불가능한 책을 찾아 책장들을 넘겨보았다. 나는 한 페이지에 가면 하나가 새겨져 있는 것을 보았다. 페이지의 위쪽 구석에는 지금은 기억나지 않는 9제곱수로 된 페이지 번호가 찍혀 있었다.

나는 내 보물을 그 누구에게도 보여주지 않았다. 그것을 소유하게 된 행운에는 그것을 도둑맞을지도 모른다는 두려움과, 그리고 이어 그것이 정말로 무한한 게 아닐지도 모른다는 의구심이 뒤를 이었다. 이 두 가지 우려는 나의 오래된 염세주의적 성향을 강화시키는 계기가 되었다. 내게는 친구들이 얼마 남아 있지 않았다. 나는 심지어 그들조차 만나지 않게 되었다. 그 책의 수인이 된 나는 거의 밖에조차 나가지 않았다. 나는 돋보기를 가지고 닳아빠진 책등과 표지를 살펴본 후 그 책에 그 어떤 종류의 인위적 장치도 들어 있지 않다는 것을 인정하게 되었다. 나는 그 작은 삽화가 매 2천 페이지의 간격으로 들어 있다는 것을 확인하게 되었다. 나는 그것들을 알파벳 순서로 공책에 적어넣기 시작했다. 그 공책이 목록으로 가득 차기에는 그다지 많은 시간이 걸리지 않았다. 똑같은 삽화가 되풀이되어 나타나는 경우는 절대 없었다. 밤에, 아주 가끔 불면의 끝에 오는 휴식 속에서 나는 그 책의 꿈을 꾸곤 했다.

여름이 왔다가 갔다. 나는 그 책이 기괴한 물건이라는 것을 깨닫게 되었다. 어쨌거나 그것이 눈으로 그것을 보고, 열 손가락으로 그것을 만져보고 있는 나 또한 그것만큼이나 기괴스럽다는 것을 깨닫도록 해준 것은 다행이었다. 나는 마침내 그것이 악몽의 물체, 현실을 손상시키고 썩게 만드는 물건이라는 느낌에 이르게 되었다.

나는 불 속에 던져버릴까도 생각했다. 그러나 무한한 책의 소각은 똑같이 무한한 시간이 걸려 지구를 연기로 질식시켜 버릴지도 모른다는 두려움에 사로잡히지 않을 수가 없었다.

나는 나뭇잎을 숨기기 위한 가장 적합한 장소는 숲이라는 구절을 읽었던 기억이 났다. 나는 은퇴하기 전 90만 권의 책이 소장되어 있는 국립도서관에서 일했다. 따라서 나는 입구 오른쪽에 신문과 지도를 보관해 놓는 지하실로 뚫려 있는 굽은 층계가 있다는 것을 안다. 나는 축축한 서가 속에서 〈모래의 책〉을 잃어버리기 위해 사서들이 한눈을 팔고 있는 틈을 이용했다. 나는 출입구로부터 어느 높이, 어느 정도의 거리에 그 책을 두었는지 기억하지 않으려고 애를 썼다.

나는 약간의 안도감을 느꼈다. 그러나 나는 결코 국립도서관이 자리잡고 있는 멕시코 가에 결코 가고 싶은 마음이 없다.

후기

　아직 내용을 읽지 않은 독자에게 서문을 쓴다는 것은 거의 불가능한 일이다. 왜냐하면 서문은 독자들이 아직 알지 못하는 이야기들의 구성에 대한 분석을 요구하기 때문이다. 따라서 나는 후기를 선호한다.
　첫번째 이야기는 늘 행운이 따랐던 로버트 루이스 스틴븐슨의 펜을 여러 차례 감동시켰던 〈이중성〉이라는 오래된 주제를 다시 다루고 있다. 영국에서 그것의 이름은 〈물신(物神)〉, 더 문학적으로 말하면 〈살아 있는 것의 정령〉이다. 독일에서는 도플갱어 Doppelgänger(동일인이면서 동시에 다른 장소에 나타나는 사람)라고 부른다. 내 생각에 그것의 가장 오래된 이름 중의 하나는 〈제2의 자아 alter ego〉이다. 이러한 영적 환영은 아마 쇠거울, 물에 비친 모습, 또는 단순히 한 사람을 관찰자임과 동시에 행위자로 만드는 기억으로부터 유래한 것이리라. 나의 의무는 화자들이 두 사람이 되기 위해 아주 다르면서도, 하나가 되기 위해 충분할 만큼 비슷하도록 만드는 일이었다. 이 이야기를 그 차가운 물길이 론 강¹⁾의 아득한 물길을 연상시키는 뉴 잉글랜드²⁾의 찰스 강가에서 구상했다고 말한다고 해서 어떤 의미가 있을까?

사랑의 주제는 나의 시에서는 자주 나오나 산문에서는 그렇지 않다. 그 유일한 예외가 바로 「울리카」일 것이다. 독자들은 그것이 가진 「타자」와의 형식적 유사성을 깨달았으리라.

「의회」는 아마 이 작품집의 단편들 중에서 가장 야심적인 것이다. 주제는, 너무 거대해서 나중에는 우주, 그리고 모든 날들의 총합과 혼동되는 어떤 조직체에 관한 것이다. 그것의 불분명한 도입부는 카프카의 작품 도입부를 본뜨고자 하고 있다. 결말부는 의심할 바 없이 헛되게도 체스터턴³⁾과 존 번연⁴⁾의 무아경에 도달하고자 하고 있다. 나는 결코 그런 계시의 능력을 가져본 적이 없지만 그것을 꿈꾸어 보고자 시도했다. 나는 습관대로 그 이야기의 전개 과정 속에 나의 자전적 요소들을 삽입시켰다.

모두가 불가사의하다는 것을 알고 있는 운명은 내가 H. P. 러브크래프트의 사후에 출판된 단편을 독파하게 될 때까지 평화롭게 지내도록 내버려두지 않았다. 나는 늘 러브크래프트가 포의 무의식적인 패러디 작가라는 생각을 하곤 했다. 마침내 나는 운명에 항복하고 말았다. 그 슬픈 결과가 바로「더 많은 것들이 있

---

1) 알프스의 론 빙하에서 흘러내려 프랑스를 거쳐 지중해로 흘러 들어가는 강의 이름.
2) 뉴 잉글랜드는 미국 북동부의 커네티컷, 매사추세츠, 로드 아일랜드, 버몬트, 뉴 햄프셔, 메인 주를 가리키는 말.
3) Gilbert Kerith Chesterton(1874-1936) : 영국의 언론인이자 작가.
4) John Bunyan(1628-1688) : 영국의 성직자이자 작가.

다」이다.

「30교파」는 그 어떤 자료의 도움 없이 가능함직한 한 이교의 역사를 재구성해 본 것이다.

「은혜의 밤」이야말로 이 작품집이 제공하는 가장 사실적이고, 가장 폭력적이고, 가장 열정적인 작품이다.

『픽션들』에 나오는 「바벨의 도서관」(1941)에서는 무한한 수의 책들이 상정된다. 「운드르」, 그리고 「거울과 가면」은 단 하나의 말로 구성된 불멸의 문학에 관한 것이다.

「지친 자의 유토피아」는 내 판단에 이 작품집에서 가장 순박하고 가장 애상적인 작품이다.

나는 늘 미국 사람들이 가진 윤리적 강박관념에 대해 놀라움을 금치 못하곤 했다. 「매수」에서는 그들의 그러한 성격을 반영해 보고자 했다.

존 펠튼, 샤를로트 코르데,[5] 리베라 인다르떼[6]의 유명한 선언(⟨로사스[7]를 죽이는 것은 성스러운 일이다⟩라는), ⟨만일 그들이 독재자라면 브루투스의 칼을⟩이라는 우루과이의 국가(國歌)가 있기는 하지만 나는 정치적 암살에 동의하지 않는다. 어찌됐든 간에 아벨리노 아레돈도의 고독한 범행에 대해 읽은 독자들은 그 이야기의 끝을 알고 싶어할 것이다. 역사가 루이스 멜리안 라피누르는 그의 사면을 탄원했지만 재판관이었던 까를로스 페인과 끄리스또발 살바냐취는 한 달간의 독방 구금과 함께 5년 형을 선

---

5) 프랑스 혁명 당시의 여자 영웅으로 지롱드 당원들에 대한 복수로 마라를 단도로 찔러 죽인 뒤 단두대에서 처형당했다.
6) Jose Rivera Indarte(1814-1844) : 아르헨티나의 시인, 작가, 정치가로 로사스의 독재정권에 반대하여 투쟁했던 사람.
7) 아르헨티나의 독재자.

고했다. 지금 몬테비데오의 한 거리는 그의 이름을 담고 있다.

서로 상충되고 불가사의한 두 물체가 마지막 두 단편의 주제들이다. 「원반」은 한쪽 면밖에 없는 유클리드[8]의 원, 「모래의 책」은 셀 수 없는 페이지 수를 가진 어떤 책에 관한 것이다.

나는 지금까지 들려준 이 급조한 해설이 이 책을 고갈시키지 않고, 그것의 꿈들이 이제 그것에 가까워진 사람들의 열린 상상력 속에서 계속 가지를 치며 뻗어나가기를 바란다.

1975년 2월 3일, 부에노스 아이레스에서
호르헤 루이스 보르헤스

---

8) 그리스의 수학자.

2부

셰익스피어의 기억

1983년 8월 25일

    작은 역사(驛舍)의 시계는 밤 열한시가 지난 시간을 가리키고 있었다. 나는 여관을 향해 걸음을 옮겼다. 나는 다른 때처럼 낯익은 장소가 우리에게 안겨다주는 이완감과 안도감을 느꼈다. 넓다란 현관 문은 활짝 열려 있었다. 건너편 별장은 어둠 속에 묻혀 있었다. 나는 로비로 들어갔다. 로비에 놓여 있는 창백한 거울들은 거실의 관엽식물들을 되비추고 있었다. 기이하게도 여관 주인은 나를 알아보지 못한 채 내게 숙박계를 내밀었다. 내가 책상에 줄로 묶어놓은 펜을 집어들고 청동 잉크병에 펜 끝을 적신 뒤 펼쳐놓은 숙박계를 기입하려고 몸을 수그렸을 때 그날 밤 일어나게 될 수많은 놀라운 사건들 중 첫번째 것이 일어났다. 내 이름인 호르헤 루이스 보르헤스가 이미 씌어 있고, 잉크는 아직 말라 있지도 않은 채가 아닌가.
    주인이 내게 말했다.

「나는 당신이 벌써 올라간 줄로 생각했는데」

그런 다음 그가 나를 자세히 들여다보더니 고개를 가로저었다.

「죄송합니다, 선생. 아까 그 사람이 하도 당신을 닮아서요. 그렇지만 당신이 그보다는 더 젊군요」

내가 그에게 물었다.

「그 사람은 몇 호실로 갔나요?」

「19호실을 달라고 하던데요」

주인의 대답이었다.

그게 바로 내가 두려워했던 것이었다.

나는 펜을 내던져놓고 층계를 달려 올라갔다. 3층에 있는 19호실은 베란다가 달려 있고, 내 기억으로 벤치가 하나 놓여 있었던 초라하고 황폐한 마당을 향해 있었다. 그 방은 여관에서 가장 높은 곳에 있었다. 나는 문을 열었다. 문은 잠겨 있지 않았다. 거미줄들이 군데군데 드리워져 있었다. 나는 무자비한 불빛 아래서 나를 발견했다. 좁다란 철제 침대 위에 더 늙고 마르고 아주 창백한 내가 멍하니 석고상을 바라보며 누워 있었다. 내게 음성이 다가왔다. 그것은 딱 들어맞는 내 목소리가 아니었다. 그 목소리는 녹음기에서 듣곤 했던 나의 따분하고 특징없는 목소리 같았다.

「기이한 일이군——그가 말했다——우리는 둘이면서 하나로군. 그렇다 해도 이게 꿈에서는 전혀 이상한 일이 아니지」

나는 놀라 물었다.

「그렇다면 이 모든 게 꿈이란 말입니까?」

「단언하건대 나의 마지막 꿈이지」

그가 손으로 등이 놓인 대리석 탁자 위의 빈 물병을 가리켰다.

「하지만 자네가 오늘밤에 도달하기 위해서는 아주 더 많은 꿈을 꾸어야 할 거야. 자네의 날짜로는 오늘이 며칠이지?」
「글쎄요——혼란스러워진 내가 말했다——하지만 어제가 내 일흔한번째 생일이었소」
「당신의 잠 못 이루는 밤이 오늘에 이르게 되면 당신은 어제로 84세가 되는 거요. 오늘 날짜가 1983년 8월 25일이니까」
「도대체 얼마나 많은 날들을 기다려야 하는 건가」 나는 중얼거렸다.
「내게는 이제 시간이 얼마 남아 있지 않아——그가 돌연 말했다——나는 금세 죽을 거고, 내가 알지 못하는 곳으로 빠져들어가게 될 거고, 그리고 나는 계속 또 다른 나를 꿈꾸게 되겠지. 거울과 스티븐슨[1]이 내게 안겨다준 그 지리한 주제」
나는 그가 스티븐슨에 대해 언급한 게 유식한 척하기 위해서가 아니라 작별을 고하기 위해서라는 것을 느꼈다. 나는 그였고, 나는 그것을 깨달았다. 셰익스피어가 되어 기념비적인 문장들과 마주치기 위해 꼭 매우 극적인 순간들이 필요한 것만은 아니었다. 나는 그의 주의를 돌리기 위해 말했다.
「나는 이 순간이 당신에게 일어나리라는 것을 알고 있었소. 몇 년 전 바로 이곳, 아래층에 있는 한 방에서 이 자살에 관한 이야기의 초고를 쓰기 시작했었으니까요」
「맞아——마치 그가 기억을 모으는 듯 천천히 대꾸했다——그러나 내 생각에 양자 사이에는 서로 관련이 없어. 그 원고에서 나는 아드로게로의 여행을 마쳤었고, 라스 델리시아스 여관에서 가장 외따로 떨어진 19호실로 올라갔었지. 거기서 나는 자살을

---

[1] 여기서 스티븐슨을 언급한 것은 이중 인격을 다룬 그의 소설 『지킬 박사와 하이드』 때문이다.

했었고」

「그래서 내가 여기에 있는 것 아닌가요」 내가 그에게 말했다.

「여기라구? 우리는 항상 여기에 있었어. 내가 마이뿌 거리에 있는 집에서 여기에 있는 자네를 꿈꾸고 있으니까. 여기서, 어머니가 쓰셨던 방에서 나는 죽어가고 있고」

「어머니가 쓰셨던 방이라구요──나는 반사적으로 따라 말했다──나는 윗마당에 있는 19호실에서 당신을 꿈꾸고 있다구요」

「누가 누구를 꿈꾸고 있다구? 나는 내가 자네를 꿈꾸고 있다는 것을 알아. 그렇지만 나는 자네가 나를 꿈꾸고 있다는 것은 알지 못해. 아드로게의 여관이 없어진 것은 아주 오래전, 아마 30년 전의 일이야. 정말 오래전의 일이지」

「꿈꾸는 자는 나예요」 내가 도전적으로 반박을 가했다.

「중요한 것은 꿈꾸는 사람이 한 사람인지, 서로를 꿈꾸는 두 사람이 있는지 밝히는 것이라는 점을 깨닫지 못하나」

「나는 보르헤스요. 숙박계에서 당신의 이름을 보았고, 그리고 이곳으로 온 거예요」

「보르헤스는 나야. 마이뿌 거리에서 죽어가고 있는」

얼마간의 침묵 후에 그가 말했다.

「우리 한번 시험을 해보기로 하지. 우리의 일생 중 가장 소름 끼쳤던 순간이 언제였지?」

나는 그쪽으로 몸을 기울였고, 우리 둘은 한참 동안 얘기를 나누었다. 나는 그때 우리 두 사람이 서로 거짓말을 했다는 것을 알고 있다.

희미한 미소가 그의 쇠잔한 얼굴을 밝혔다. 나는 그 미소가 어떻게 보면 나의 미소를 반영하고 있다는 것을 느꼈다.

「우리들은 거짓말을 했어——그가 나에게 말했다——왜냐하면 우리는 우리를 하나가 아닌 둘로 느꼈기 때문이야. 하지만 실제로 우리는 둘이면서 하나이잖은가」

이 대화는 나로 하여금 부아가 치밀도록 만들었다. 나는 그에게 그 사실을 말했다.

그리고 나는 덧붙였다.

「당신은 당신이 1983년에 있다고 했지요. 그렇다면 아직 내가 더 살아야 할 나머지 시간들에 대해 이야기해 줄 수 있겠군요?」

「내가 자네에게 무슨 말을 할 수 있겠나, 가련한 보르헤스? 자네는 이미 자네한테 익숙해져 있는 그런 불행들을 반복하게 될 거야. 자네는 이 집에 혼자 머물게 될 거야. 자네는 글자를 읽을 수 없는 책과 스웨덴보리[2]의 메달을 손으로 더듬고, 나무 포크로 나무 쟁반을 더듬게 될 거야. 시력 상실은 암흑이 아니야. 그것은 고독의 한 형태지. 자네는 아이슬랜드로 돌아가게 될 거야」

「아이슬랜드! 바다로 둘러싸인 아이슬랜드라구요!」

「로마에서 자네는 모든 사람의 이름들처럼 물 위에 씌어진 이름인 키츠[3]의 시들을 똑같이 반복하게 될 거야」

「나는 로마에 한번도 가본 적이 없어요」

「다른 것들 또한 일어나지. 자네는 우리들이 쓴 시 중 최고의 시를 쓸 것이고 그것은 애도시가 될 거네」

「추모하는 그 죽은 사람이란 바로······」 나는 말했다. 그러나 나는 감히 그 이름을 내뱉지 못했다.

「아닐세. 그녀[4]는 자네보다 더 오래 살 걸세」

---

2) Manuel Swedenborg(1688-1772) : 스웨덴의 철학자.
3) John Keats(1795-1821) : 영국의 낭만주의 시인.

우리는 침묵 속에 빠져들어갔다. 그가 다시 입을 열었다.

「자네는 우리가 오랫동안 꿈꾸어 왔던 그 책을 쓰게 될 거야. 1979년경 자네는 구상했던 작품이 단지 일련의 초고들, 자질구레한 초고들에 불과하다는 사실을 절감하게 될 거고, 위대한 책을 쓰겠다는 헛되고 미신적인 유혹에 굴복하게 될 걸세. 괴테의 『파우스트』, 『살람보』,[5] 『율리시즈』[6]가 우리에게 감염시킨 그런 미신 말이야. 믿을 수 없게도 나는 많은 매수의 원고를 채워넣었지」

「끝에 가서는 실패했다는 것을 깨닫게 되었고」

「그보다 더 나쁜 거라 해야 할 거야. 나는 그것이 언어가 가진 보다 상징적인 의미의 차원에서 볼 때 하나의 걸작품이라는 것을 깨닫게 되었지. 나의 훌륭한 구상은 몇 페이지를 넘기지 못했고, 나는 나머지 페이지들을 미로들, 단도들, 스스로가 하나의 영상이라고 믿는 사람, 스스로가 실제라고 믿는 반영물, 밤의 호랑이, 수대에 걸쳐 되풀이되는 전투, 눈 멀고 숙명적인 후안 무라냐,[7] 마세도니오의 음성,[8] 죽은 자들의 손톱으로 만든 배, 저녁이면 다시 반복되는 고대 영어들로 가득 채웠지」

「그런 박물들은 내게도 친숙한 것들이지요」 나는 아이러니컬한 어조로 한마디 했다.

「더불어 잘못된 기억들, 상징들의 이중적 유희, 지리한 열거들, 산문을 다루는 뛰어난 솜씨, 비평가들이 얼씨구나 발견한 불

---

4) 여기서 〈그녀〉란 보르헤스의 어머니를 가리킨다.
5) 플로베르가 1862년에 발표한 작품.
6) 제임스 조이스의 작품.
7) 아르헨티나의 전설적인 칼잡이 가우초(목동).
8) 아버지의 친구로서 어린 시절 보르헤스의 문학 수업에 지대한 영향을 미쳤던 아르헨티나의 작가.

완전한 병치법, 항상 출처가 의심스럽지만은 않은 인용들도 들어 있었지」

「그 책을 출판했나요?」

「나는 특별한 이유도 없이 그것을 불에 태워 없애버릴까 하는 멜로드라마적인 고심을 했던 것 같아. 나는 근자에 그 책을 가명으로 마드리드에서 출간했지. 사람들은 자신의 전범에 대한 외형적 답습에 그쳤을 뿐 보르헤스에 이르지 못한 결점을 가진 보르헤스의 어설픈 모방자라고 떠들어대더군」

「그것은 놀라운 일이 아니지요——내가 말했다——모든 작가는 항상 자신의 덜 지적인 제자로 끝이 나는 법이니까요」

「그 책이 바로 나를 오늘밤 이곳으로 데려온 운명적인 길들 중의 하나였지. 나머지 것들에 대해 말하자면…… 나이가 들어감으로써 빠져들게 되는 치욕감, 가슴을 때리는 지난 매일의 삶……」

「나는 그 책을 쓰지 않을 거요」 내가 말했다.

「자네는 그것을 쓰게 될 거야. 지금 현재의 형태를 취하고 있기는 하지만 내 말은 단지 이미 꾼 꿈의 기억에 불과하니까」

나는 틀림없이 내가 강의를 하면서 사용하는 그의 교조적인 말투가 거슬렸다. 나는 우리가 너무도 닮았고, 그가 죽음에 임박해 있기 때문에 두려움 없이 멋대로 말하고 있는 게 거슬렸다. 나는 심적 보상을 받기 위해 그에게 말했다.

「당신은 죽는다는 걸 정말로 확신하는 거요?」

「물론이지——그가 대답했다——전에는 전혀 느껴보지 못했던 일종의 달콤함과 위안감을 느끼고 있으니까. 나는 그것을 말로 뭐라 표현할 수는 없어. 모든 단어는 공유된 경험을 선(先)전제로서 요구하니까 말이야. 왜 그토록 내 말이 자네에게 거슬리게 느꺼지는 거지?」

「왜냐하면 우리가 너무도 닮았기 때문이지요. 나는 나의 캐리커처인 당신의 얼굴이 지겹고, 내 것의 모방인 당신의 목소리가 지겹고, 내 것이기도 한 당신의 감상적인 논지가 지겹기만 하오」

「나도 마찬가지라네――그가 말했다――그래서 나는 자살을 하기로 결심을 한 거지」

별장에서 새소리가 들려왔다.

「마지막 새군」 그가 말했다.

그가 내게 가까이 오라고 손짓했다. 그가 손을 더듬어 내 손을 찾았다. 나는 뒷걸음질을 쳤다. 우리 둘이 한데 뒤섞여버릴지도 모른다는 두려움 때문이었다.

그가 내게 말했다.

「스토아주의자들은 인생에 대해 불평하지 말라고 가르쳤지. 감옥의 문은 열려 있다면서. 나는 항상 그 말을 그런 식으로 이해했지. 그렇지만 게으름과 비겁함이 나를 붙들고 놓아주지를 않은 거야. 몇 주 전이던가, 라 쁠라따에서 『아에네이드』[9] 제5권에 관한 강의를 하고 있었지. 한 6음절 시행을 분석하다가 돌연 무엇이 내가 가야 할 길인지를 깨닫게 된 거야. 나는 결단을 내렸지. 그 순간부터 나는 영원한 평화를 얻게 된 거야. 나의 운명이 자네의 운명이 될 것이고, 자네는 아주 짧은 순간 라틴어와 버질을 통해 계시를 받게 될 것이고, 두 시간과 두 공간을 오가며 나눈 이 기이한 예언적 대화를 까마득히 잊어버리게 될 거야. 자네가 다시 그것을 꿈꾸게 되었을 때는 자네는 내가 될 것이고, 자네는 나의

---

9) 로마의 시인 버질의 서사시.

꿈이 될 걸세」

「나는 그것을 잊지 않을 거고, 내일 그것을 기록해 둘 거요」

「그것은 자네 기억의 저 깊은 곳, 꿈들의 조수 아래에 머물게 될 걸세. 자네가 그것을 글로 쓰게 된다면 자네는 자신이 환상적인 단편 하나를 쓰려 하고 있구나 하고 생각하게 될 거야. 그것도 내일이 아니라 여러 해가 지난 후에」

그가 말을 멈추었고, 나는 그가 죽었다는 것을 깨달았다. 어떻게 보면 나 또한 그와 함께 죽은 것이었다. 나는 맥이 풀린 채로 베개 위로 몸을 구부렸으나 거기에는 아무도 없었다.

나는 방에서 도망쳐 나왔다. 밖에는 마당도, 층계도, 대리석도, 정적에 묻힌 저택도, 유카리나무들도, 석상들도, 정자도, 분수들도, 아드로게 마을에 있는 별장 울타리의 문도 없었다.

밖에서는 또 다른 꿈들이 나를 기다리고 있었다.

파란 호랑이들

　블레이크[1]는 자신의 유명한 한 작품 구절에서 호랑이를 가지고 번쩍이는 불과 〈악〉의 영원한 원형(原形)을 만들어낸다. 나는 호랑이를 무시무시한 우아함의 상징으로 규정한 체스터턴[2]의 경구를 선호한다. 그건 그렇다 치고 오랜 세기 동안 인류의 상상력 속에 자리잡고 있는 그 형상을 담을 단어, 즉 호랑이에 대한 상징적 언어는 없다. 호랑이는 항상 나를 매혹시켰다. 나는 어린 시절 시간 가는 줄 모른 채 동물원의 한 우리 앞에 들러붙어 있곤 했다. 내게 다른 우리들은 전혀 흥미를 가져다주지 못했다. 나는 호랑이들의 그림을 찾아 백과사전들과 자연도감들을 샅샅이 뒤져보곤 했다. 『정글북』[3]이 내 손에 쥐어졌을 때 나는 호랑이인 셔 칸

---

1) William Blake(1757-1827) : 영국의 시인이자 화가로 낭만주의 문학의 선구자.
2) Gilbert Keith Chesterton(1874-1936) : 영국의 작가.

이 주인공의 적이라는 사실에 기분이 몹시 언짢았다. 오랫동안 이러한 나의 애착은 나를 붙들고 놓아주지 않았다. 그 애착은 사냥꾼이 되고자 하는 역설적인 바람과 인간 모두가 겪는 운명의 변천 속에서도 살아남았다. 얼마 전까지도——그 날짜는 내게 아득하게 느껴지지만 실제로는 그렇지 않다——그것은 수선스럽지 않은 모습으로 라호[4] 대학에서 내가 수행하는 일과와 함께 공존하고 있었다. 나는 동서양 논리학을 가르치는 교수이고, 일요일은 스피노자의 저술에 관한 세미나를 위한 준비로 희생시키고 있다. 내가 스코틀랜드 사람이라는 것을 덧붙여 밝혀야 할 필요가 있다. 아마 호랑이에 대한 애착이 나를 애버딘[5]으로부터 펀자브[6]로 데려온 동기가 되었으리라. 내 삶의 여정은 평범했고, 나는 늘 꿈속에서 호랑이들을 보았다(내 꿈속에서 이제 그것들은 다른 형태를 가진 채 서식하고 있다).

1904년 말, 나는 갠지스 강의 델타 지역에서 푸른 빛깔을 가진 변종의 호랑이가 발견되었다는 소식을 들었다. 그 소식은 항상 그러하듯 모순과 불일치점들로 뒤엉킨 해외 뉴스들도 재확인해 주고 있었다. 나의 오래된 애착이 다시 고개를 쳐들었다. 나는 흔히 색깔들의 이름이란 게 혼동되기 싶다는 것을 상기하며 실수겠거니 고개를 갸우뚱거렸다. 나는 아이슬랜드에서는 에티오피아를 〈블라란드〉, 푸른 땅, 또는 검둥이들의 땅이라고 부른다는 글을 읽었던 기억을 떠올렸다. 아마 그 푸른 호랑이란 게 흑표범일 수

---

3) 인도 출신 영국 작가 키플링의 소설.
4) 파키스탄의 지역 이름.
5) 스코틀랜드의 수도.
6) 인도와 파키스탄 사이에 걸쳐 있는 지역의 이름.

도 있지 않을까. 사람들은 런던의 신문이 공표한 은빛 줄무늬를 가진 푸른 호랑이의 줄무늬와 모형에 대해서는 전혀 언급을 하지 않고 있었다. 명백히 런던 신문의 기사는 잘못된 인용 보도였다. 삽화의 푸른색은 내게 현실이라기보다는 문장학(紋章學)에 나오는 색깔 같았다. 어느 날 꿈에서 나는 전에 한번도 본 적이 없고 적당한 단어를 찾을 수 없는 푸른 색깔을 가진 호랑이들을 보았다. 나는 그게 검정에 가깝다는 것은 알지만 그런 정황만으로 그 색깔을 머릿속에 그리기에는 충분치가 않았다.

몇 달 후 동료 교수 한 사람이 내게 갠지스 강에서 아주 멀리 떨어져 있는 한 마을에서 푸른 호랑이에 대해 말하는 것을 들은 적이 있다고 말했다. 나는 놀라지 않을 수가 없었다. 왜냐하면 그 지역은 거의 호랑이가 서식하지 않는 곳이기 때문이었다. 나는 다시, 걸으면서 모래땅 위에 길게 그림자를 드리우는 푸른 호랑이의 꿈을 꿨다. 나는 휴가를 그 이름을 기억하고 싶지 않은── 그 이유는 뒤에 가서 밝히겠다──마을로의 여행에 바쳤다.

내가 그곳에 도착했을 때는 이미 우기가 끝난 뒤였다. 마을은 높다기보다는 넓다고 해야 할 산자락에 웅크린 모습으로 자리하고 있었다. 마을은 황갈색을 띤 위협적인 정글에 인접해 있었다. 키플링의 작품 속에는 모든 인도, 어떻게 보면 지구 전체가 들어 있기 때문에 내가 탐험한 그 산간 벽지 마을 또한 그의 작품에 들어 있을 게 틀림없다. 갈대로 엮은 흔들거리는 다리들이 놓여 있는 도랑이 간신히 오두막들을 보호해 주고 있다고 말하는 것으로 족하리라. 남쪽으로는 늪과 논, 그리고 끝내 그 이름을 알아내지 못했던 흙탕물의 강이 흐르고 있는 저지대가 있었고, 이어 마을은 다시 정글로 연결되어 있었다.

주민들은 힌두교도들이었다. 이미 예견했던, 내 마음을 찜찜하게 만드는 점이었다. 비록 유태교에서 유래한 종교들 중 가장 형편없는 종교이기는 하지만 나는 늘 이슬람교도들과 죽이 잘 맞았다.[7]

인도에 있으면 우리는 사람들이 득실거린다는 느낌을 가지게 된다. 그러나 그 마을에서 득실거린다고 느껴지는 것은 거의 오두막들에까지 스며들어와 있는 정글이다. 날은 무더웠고, 해가 진 뒤조차 시원하지 않았다.

노인들이 나를 환영했고, 나는 그들과 허례를 지켜가면서 첫 대화를 나누었다. 나는 이미 그 마을의 곤궁함에 대해 얘기했었다. 그러나 나는 모든 사람이 자신의 마을은 유일무이한 어떤 것을 가지고 있다고 믿고 있는 것을 안다. 나는 기억이 흐릿한 방들과 마찬가지로 기억이 흐릿한 음식들에 대해 곰곰이 생각해 볼 것이다. 나는 그들에게 이 마을의 명성이 라호까지 자자하다고 말했다. 사람들의 안색이 변했다. 나는 즉각 내가 어리석은 짓을 했고, 그 때문에 후회하게 되리라는 것을 깨달았다. 나는 그들이 외지인들과는 공유하고 싶지 않은 비밀의 소유자들이라는 것을 느꼈다. 혹 그들은 푸른 호랑이를 숭배하고, 나의 무분별한 말들이 신성모독을 가한 푸른 호랑이에게 어떤 의식을 드리는 것인지도 모를 일 아닌가.

나는 다음날 아침을 기다렸다. 쌀밥을 먹고 차를 마신 뒤 나는 내 주제를 은근히 꺼냈다. 어젯밤의 경험에도 불구하고 나는 그 다음에 일어난 일을 이해하지 못했고, 이해할 수가 없었다. 모두

---

7) 인도에는 힌두교도와 이슬람교도가 공존한다.

가 나를 경악과 거의 공포에 찬 눈으로 바라보았다. 그러나 내가 그들에게 내 목적이 그 기이한 빛깔을 가진 짐승을 생포하는 것에 있다고 하자 안도의 한숨을 내쉬는 것이었다. 누군가가 그 호랑이를 정글 입구에서 언뜻 본 적이 있다고 말했다.

밤중에 그들이 나를 깨웠다. 한 아이의 말로 산양 한 마리가 우리를 빠져나가 찾으러 갔다가 강 건너편에서 푸른 호랑이를 보았다는 것이었다. 나는 초승달 달빛을 가지고는 색깔을 구별할 수 없다는 생각을 하지 않을 수가 없었다. 그러나 모두가 그것을 사실이라고 단언했고, 그전까지 침묵만을 지키고 있었던 어떤 사람조차 자신 또한 그 호랑이를 본 적이 있다고 말하는 것 아닌가. 우리들은 라이플을 들고 밖으로 나갔고, 나는 정글의 어둠 속으로 사라지는 고양이과 동물의 그림자를 보았거나, 본 것 같은 생각이 들었다. 그들은 산양을 발견하지 못했다. 그러나 산양을 끌고간 짐승이 꼭 푸른 호랑이여야 할 근거는 없었다. 그들은 내게 즉각적으로 어떤 증거도 되지 못하는 몇 가지 흔적들을 강조해서 가리켰다.

며칠 밤이 지난 후 나는 그러한 거짓 경보가 아예 일종의 일과로 구성되어 있다는 것을 깨닫게 되었다. 마치 다니엘 디포[8]처럼 그곳 사람들은 자신들의 주변환경과 관련된 거짓말을 지어내는 데 능숙했다. 호랑이는 아무 때나 남쪽의 논가나 북쪽의 잡목 근처에서 어른거릴 수 있었다. 그러나 나는 곧 호랑이를 본 사람들이 의심스러운 일정한 순서를 가지고 교체된다는 것을 간파하게 되었다. 내가 도착하는 순간은 예외없이 호랑이가 막 사라지는

---

8) Daniel Defoe(1660-1731) : 『로빈슨 크루소』의 저자인 영국 작가.

순간과 정확히 일치했다. 그들은 항상 내게 발자국과 어떤 흔적을 가리켜 보였지만 단 한 사람이 손 하나 까닥하는 것으로 그런 식의 호랑이 자취는 쉽게 위조할 수가 있다. 서너 차례 나는 죽은 개를 보기도 했다. 달빛이 휘엉청 밝았던 어느 날 밤, 우리는 산양 한 마리를 미끼로 놓아보았다. 새벽까지 기다려보았지만 우리는 아무런 소득도 올릴 수가 없었다. 처음에 나는 그렇게 되풀이되는 가짜 소동이 나의 출발이 늦어지면 늦어질수록 마을에 돌아오는 이익 때문이 아닌가 하는 생각이 들었다. 왜냐하면 마을 사람들은 내게 음식물을 팔고 자질구레한 집안 일들을 도와주고 있었기 때문이었다. 나는 그러한 추리가 합당한지 알아보기 위해 그들에게 강 아래쪽에 자리잡고 있는 다른 지역으로 호랑이를 찾으러 갈까 생각한다고 넌지시 말해 보았다. 모두가 나의 결정에 동의를 표해 나를 놀라게 만들었다. 그럼에도 불구하고 나는 계속 뭔가 비밀이 존재하고, 그들이 나에게 경계심을 표하고 있다는 것을 인지해 가게 되었다.

나는 앞에서 이미 그 기슭에 마을이 다닥다닥 붙어 있는 숲이 울창한 언덕이 그다지 높지 않다는 것을 말했다. 반대편 서쪽과 북쪽으로는 정글이 펼쳐져 있었다. 경사가 그다지 심하지 않았기 때문에 어느 날 오후 나는 그들에게 언덕에 올라가 보자는 제안을 했다. 나의 간단무구한 이 말은 그들을 모두 침통하게 만들어 버렸다. 한 사람이 산비탈의 경사가 심하다고 소리쳤다. 가장 나이든 노인이 침중한 목소리로 내 제안은 결코 실행될 수 없는 일이라고 말했다. 언덕의 꼭대기는 신성한 지역으로서 마술적인 장애물들이 사람들의 접근을 막고 있다는 것이었다. 그곳에 발을 들여놓은 생명체는 신을 보게 되어 미치광이나 장님이 되는 위험에 빠졌다는 것이었다.

　나는 계속 고집을 피우지 않았다. 그러나 그날 밤 모두가 잠든 시간 나는 소리없이 오두막을 빠져나와 그 완만한 경사의 언덕을 올라갔다. 길은 없었고, 잡초들이 발목을 붙들었다.

　달은 지평선 위에 떠 있었다. 나는 그날이 중요한 날, 아마 그곳에 머물렀던 날들 중 가장 중요한 날이 되리라는 예감이나 느낀 것처럼 모든 것에 주의를 집중했다. 나는 심지어 이따금 거무스름했던 나뭇잎들의 흐릿한 검은 색조까지도 기억난다. 날이 새고 있었고, 정글의 경내에서는 단 한 마리의 새소리도 들려오지 않았다.

　2, 30분쯤 올라간 뒤에 나는 꼭대기의 평지에 도달했다. 금세 숨이 턱턱 막히는 산 아래의 마을보다 공기가 시원하리라는 것은 당연했다. 나는 그곳이 산마루가 아니라 일종의 아주 넓지는 않은 고원이고, 산의 측면을 타고 정글이 정상까지 밀고 올라와 있는 것을 확인했다. 나는 마치 마을에서의 삶이 감옥이나 되었던 것처럼 해방감을 느꼈다. 마을 사람들이 나를 속이려고 했다 할지라도 상관없었다. 나는 어떻게 보면 그들이 어린애와 같다는 느낌이 들었다.

　호랑이와 관련해…… 수없는 실망이 나의 호기심과 믿음을 앗아가 버렸지만 나는 거의 기계적으로 그것의 흔적을 찾기 시작했다.

　땅은 갈라져 있었고, 모래투성이였다. 나는 깊지 않은 게 틀림없고, 서로 연결되어 있는 땅의 틈바구니들 중 하나에서 어떤 색깔을 발견했다. 그것은 믿을 수 없게도 내가 꿈속에서 보았던 그 호랑이의 파란색이었다. 아, 차라리 그것을 보지 않았더라면. 나는 그곳에 시선을 집중시켰다. 틈바구니는 모두 크기가 같고, 둥글고, 아주 매끄럽고, 직경이 몇 센티미터가 안 되는 작은 돌들로 가득 차 있었다. 그것들은 너무나 똑같아 마치 도박장의 칩처럼 인공적인 어떤 느낌을 주었다.

나는 몸을 수그린 뒤 틈바구니에 손을 넣어 한 움큼의 돌을 끄집어냈다. 나는 가벼운 떨림을 느꼈다. 나는 그것들을 오른쪽 주머니에 간직했다. 그 주머니 속에는 가위 하나와 알라하바드의 편지가 들어 있었다. 이 우연한 두 개의 물건은 내 이야기 속에서 나름의 위치를 가지고 있다.

이미 오두막에 돌아온 나는 재킷을 벗었다. 나는 침대에 드러누웠고, 다시 호랑이의 꿈을 꾸었다. 꿈속에서 나는 그 색깔을 보았다. 그것은 호랑이의 색깔이자, 산꼭대기 평지의 돌들이 가진 색깔이었다. 나는 일어났다. 가위와 편지가 둥근 돌들을 끄집어내는 데 애를 먹었다. 나는 한 움큼을 꺼냈으나 두세 개가 남아 있다는 느낌을 받았다. 일종의 간지러움, 아주 가벼운 동요가 내 손에 뜨거움을 가져다주었다. 손바닥을 연 나는 돌이 3, 40개 정도 되는 것을 보았다. 나는 그것들이 10개를 넘지 않았을 거라 생각했었다. 나는 그것들을 탁자 위에 놓은 뒤 나머지 돌들을 찾았다. 나는 그것들이 자기증식한 게 아닌가를 확인해 보기 위해 그것들의 숫자들을 세어보는 수밖에 없었다. 나는 그것들을 한꺼번에 쌓아놓고 하나하나 그것들을 세어보려고 했다.

그런 간단한 계산법은 소용이 없다는 게 금세 드러났다. 나는 그것들 중 하나에 시선을 집중시킨 뒤 엄지와 검지로 그것을 꺼냈다. 그러나 그것을 홀로 놓아두는 순간 곧바로 여러 개로 돌변해 버렸다. 나는 내게 열이 없다는 것을 확인했고, 여러 차례 시도를 해보았으나 결과는 마찬가지였다. 그 불경한 기적은 반복되고 있었다. 나는 다리와 아랫배가 오싹해지는 것을 느꼈고, 무릎은 부들부들 떨리고 있었다. 얼마나 많은 시간이 지나갔는지 알 수가 없었다.

나는 시선을 돌린 채 그것들을 한데 모은 뒤 모두 창 밖에 내던져버렸다. 기이한 안도감과 함께 나는 그것들의 수가 줄어들었다는 것을 느낄 수 있었다. 나는 단단히 문을 잠근 뒤 침대에 드러누웠다. 나는 아까 누웠던 똑같은 자리를 찾았고, 모든 것이 하나의 꿈이려니 생각하려고 애를 썼다. 나는 그 둥근 돌들에 대해 생각하지 않으려고, 어떤 의미로 시간이 제자리에 들어서도록 하기 위해 『윤리학』[9]의 여덟 가지 정의(定義)와 일곱 가지 공리들을 큰소리로 또박또박 외워보았다. 나는 그것들이 도움을 주었는지 기억이 나지 않는다. 문을 두드리는 소리가 들렸을 때 나는 그런 주문을 외고 있던 차였다. 나는 그들이 내가 홀로 떠드는 것을 들은 게 아닌가 하는 생각에 본능적으로 몸을 움츠렸다. 나는 문을 열었다.

마을에서 가장 나이가 많은 노인인 바그완 다스였다. 그의 출현은 잠깐 동안 나로 하여금 일상으로 되돌아가도록 만들어주는 것 같았다. 우리들은 밖으로 나갔다. 나는 그 둥근 돌들이 사라져버렸기를 열망하고 있었다. 그러나 그것들은 거기, 땅에 놓여 있었다. 나는 그것들의 숫자가 얼마인지 도무지 알 수가 없었다.

노인이 그것들을 바라보았고, 이어 내 쪽으로 시선을 돌렸다.

「이 돌은 여기의 것이 아니오. 저 산꼭대기의 것이지요」 그가 예전의 것이 아닌 다른 목소리로 말했다.

---

9) 스피노자의 저서.

「맞소」 내가 그에게 대꾸했다. 나는 상당히 도전적인 음성으로 그것들을 산꼭대기의 평지에서 발견했다고 덧붙였다. 그러나 나는 곧 그 연유를 설명하는 데 수치감을 느꼈다. 바그완 다스는 개의치 않고 홀린 듯 돌들을 바라보고 있었다. 나는 그에게 그것들을 집으라고 명령했다. 그는 꼼짝하지 않았다.

고통스럽지만, 나는 총을 꺼내들고 더 큰소리로 같은 명령을 되풀이했다는 것을 고백한다…….

바그완 다스가 더듬거렸다.

「손에 이 파란 돌을 쥐느니 차라리 가슴에 총을 맞겠소」

「당신은 겁쟁이야」 나는 그에게 말했다.

내 기억에 나도 그만큼 공포에 떨고 있었으리라. 그러나 나는 눈을 찔끔 감고 왼손으로 한 움큼의 돌을 집었다. 나는 권총을 총집에 넣은 다음 그것들을 오른손 바닥 위에 떨어뜨렸다. 그것들의 수는 훨씬 더 많아졌다.

이해하기 힘들게도 나는 이미 그러한 변환에 익숙해져 있었던 게 아닌가. 그것은 바그완 다스의 비명소리보다 나를 덜 놀라게 했다.

「이 돌들이 새끼들을 낳고 있잖소! ──노인이 소리쳤다── 이제 숫자가 훨씬 많아져 있지 않느냐구요. 그렇지만 또 뒤바뀌겠지. 꼭 보름달 모양에, 꿈속에서나 볼 수 있는 색깔을 가지고 있어. 우리 옛 할아버지들이 그것의 신비한 힘에 대해 말했을 때 그것은 거짓말이 아니었던 거야」

마을 전체의 사람들이 우리를 에워쌌다.

나는 내가 그 기적을 행하는 마술사인 듯한 느낌에 사로잡혔다. 하나같이 휘둥그레진 눈 앞에서 나는 그 둥근 돌들을 집어들고, 그것들을 높이 치켜올리고, 그것들을 떨어뜨리고, 그것들이 여기저기로 흐트러지도록 만들고, 그것들이 기이하게도 증식되거나 감소되는 것을 보여주었다.

마을 사람들은 경악과 공포에 사로잡힌 채 서로를 부둥켜안았다. 남자들은 억지로 자신의 부인에게 그 불가사의를 보도록 만들었다. 어떤 여자는 두 팔로 두 눈을 가렸고, 어떤 여자는 눈꺼풀을 꼭 감아버렸다. 그것들을 가지고 장난을 치는 천진난만한 한 아이를 제외하고 아무도 감히 그것들을 건드려보려고 하지 않았다. 그 순간 나는 사람들의 그러한 혼란이 기적을 모독하는 행위라는 느낌과 맞닥뜨렸다. 나는 그것들을 모을 수 있는 만큼 모아 오두막으로 돌아왔다.

아마 나는 지금까지도 그치지 않고 계속되고 있는 일련의 불행들의 서곡에 불과했던 그날의 나머지 일들을 잊어버리고자 노력했던 것일까. 확실한 것은 내가 그것을 기억하지 못한다는 사실이다. 저녁 무렵 나는 특별히 좋았다고 볼 수 없는 전날 밤을 아련히 떠올리고 있었다. 왜냐하면 나는 다른 날들과 마찬가지로 여전히 호랑이에 대한 강박관념에 사로잡혀 있었기 때문이었다. 나는 전에는 힘이었지만 지금은 아무것도 아닌 그 호랑이의 형상 속에서 피난처를 찾고자 했다. 푸른 호랑이는 로마인들의 검은 백조만큼이나 무력한 것처럼 보였다. 왜냐하면 검은 백조는 나중에 호주에서 발견되었기 때문이다.

이미 써놓은 앞의 원고를 읽고 보니 한 가지 결정적 실수를 한 게 드러난다. 비꼬는 투로 〈심리적〉이라 부르는 좋기도 하고 나쁘기도 한 이 문학적 습관에 끌려 나도 모르게 내 발견에 뒤따른 일련의 경과를 시간적으로 재현시켜 보려고 시도하고 있잖은가. 차라리 둥근 돌들의 기괴한 성질에 초점을 맞추는 게 낫지 않았을까.
 만일 그들이 내게 달에 코뿔소가 있다고 했으면 그 주장을 받아들이거나 거부하거나 판단을 유보했을 것이다. 그럼에도 불구하고 나는 그것에 대해 상상해 볼 수 있었으리라. 반대로 만일 그들이 달에서는 예닐곱 마리 코뿔소가 세 마리일 수도 있다고 말한다면 나는 우선 그것은 불가능한 일이라고 단언할 것이다. 3 더하기 1은 4라고 이해하는 사람은 그것을 위해 동전이나 주사위나 장기말이나 연필이 필요하지 않다. 그는 그렇게 이해를 하는 것이고 그것으로 충분하다. 그는 다른 숫자를 머릿속에 품을 수가 없다. 〈3 더하기 1〉은 〈4〉의 동의어라고조차 말하는 수학자들도 있다……. 나, 알렉산더 클레이지는 지구상의 모든 사람들 가운데서 운좋게도 인간 정신의 그러한 본질적 법칙에 반하는 유일무이한 물건들을 발견하게 되었던 것이다.
 처음에 나는 내가 미친 게 아닌가 하는 두려움을 느꼈었다. 시간이 지나면서 나는 차라리 내가 미쳤기를 바랐다고 생각한다. 왜냐하면 내 개인의 환상이 우주가 혼란을 용납한다는 것보다 덜 심각한 일일 것이기 때문이었다. 만일 3 더하기 1이 2이거나 14라면 이성(理性)은 정신이상이지 다른 무엇이라고 할 수 있겠는가.
 그 당시 나는 그 돌들의 꿈을 꾸는 습관에 감염되어 있었다. 그 꿈이 매일 밤 엄습하지 않는 것만이 다시 공포로 변하기는 하지만 그나마 내게 희망의 틈바구니를 남겨주었다. 꿈은 거의 엇비슷했다. 시작은 이미 무시무시한 끝을 예고하고 있었다. 나선형으로 뻗어내려간 난간과 계단, 이어 지하실 또는 거의 뾰족하게 끊겨 있는 또 다른 계단들, 대장간들, 자물쇠 제작소들, 감옥들, 그리고 늪 속과 이어지는 지하실 비슷한 것. 맨 아래, 당연히 예상되는 틈바구니 속에는 성경에서 하느님이 비이성적이라는 것을 보여주는 동물들인 비히모스[10] 또는 레비아탄[11]이기도 한 돌들이 있었다. 나는 떨면서 잠에서 깨어났고, 저쪽 서랍 안에는 변환될 만반의 준비를 갖춘 돌들이 들어 있었다.

 마을 사람들은 나를 달리 대했다. 그들이 푸른 호랑이라고 이름을 붙인 돌들이 가진 신성(神性)의 어떤 것이 나를 건드리기는 했다. 하지만 그들은 또한 내가 산봉우리를 범접하는 죄를 범했다는 것을 알고 있었다. 밤의 어느 순간, 낮의 어느 순간에라도 돌들은 나를 벌할 수가 있었다. 그들은 감히 나를 공격하거나 나를 처벌하려고 들지는 않았다. 대신 그들 모두 이제는 내게 위험스러우리만치 비굴하게 굴었다. 돌을 가지고 놀았던 아이는 다시 볼 수가 없었다. 나는 독약이나 등뒤에서 단도가 날아오지 않을까 두려웠다. 어느 날 아침, 동이 트기 전 나는 마을을 도망쳐 나왔다. 나는 마을 사람 전체가 나를 엿보고 있고, 나의 도주에 안도의 숨을 내쉬리라는 느낌이 들었다. 그 첫날 밤 이후로 마을 사람들은 아무도 돌을 보려고 하지 않았잖은가.

 나는 라호로 돌아왔다. 내 주머니 속에는 한 줌의 그 둥근 돌들이 들어 있었다. 책들로 둘러싸인 낯익은 환경도 내가 찾던 평화를 가져다주지 못했다. 나는 여전히 지구상에는 그 지겨운 마을과 정글과 고원이 있는 가시덤불 산이, 고원에는 갈라진 틈들이, 틈바구니들 속에는 돌들이 계속 존재하고 있다는 것을 감지하고 있었다. 나의 꿈들은 서로 전혀 다른 그것들을 뒤섞고, 그것들을 증식시켰다. 마을은 돌들이었고, 정글은 늪이었고, 늪은

---

10) 성서(구약의 「욥기」)에 나오는 하마 같은 괴물.
11) 성서에 나오는 거대한 바다 괴물.

정글이었다.
　나는 의도적으로 친구들과 만나는 것을 피했다. 나는 그들에게 인류의 과학을 뿌리째 흔들어버릴 그 대단한 기적을 보여주고 싶은 유혹에 넘어갈까봐 두려웠다.
　나는 여러 가지 실험을 시도해 보았다. 나는 그 둥근 돌들 중의 하나에 칼로 십자가를 새겨보았다. 나는 그것을 나머지 돌 속에 집어넣었다. 나는 한두 차례 변환되는 사이 비록 돌들의 숫자는 늘어났음에도 불구하고 그것을 찾을 수가 없었다. 나는 줄을 가지고 반원 모양으로 깎아낸 비슷한 실험을 해보았다. 그것 또한 사라져버렸다. 나는 송곳을 가지고 한 돌의 중앙에 구멍을 낸 뒤 실험을 되풀이해 보았다. 나는 그것을 영원히 잃어버렸다. 다음날, 십자가를 새겨놓은 돌이 무(無) 속에서 다시 자신의 존재를 드러냈다. 불가해한 법칙 또는 비인간적 섭리에 순종하면서 돌들을 삼켰다가 시간이 지나면서 하나하나 다시 토해내는 그 공간이야말로 얼마나 신비스러운 것인가?
　처음에 수학을 신뢰하는 데서 오는 질서에 대한 열망 자체가 나로 하여금 자기증식하는 어처구니없는 돌들이 야기하는 수학의 붕괴 속에서 하나의 질서를 찾아보도록 만들었다. 그것들의 예상할 수 없는 변형들 속에서 나는 하나의 법칙을 찾고자 했다. 나는 그 변화의 통계학을 만들려고 밤낮으로 매달렸다. 나는 헛되이 숫자들로 가득한 그 당시의 공책들을 아직도 간직하고 있다. 나의 작업 과정은 이러했다. 먼저 나는 눈으로 돌들을 센 다음 그것들의 숫자을 적었다. 그런 다음 나는 탁자 위에 놓아둔 손으로 그것들을 두 움큼으로 나누었다. 나는 그 두 개의 숫자를 세고, 그것을 적고, 이어 같은 작업을 되풀이했다. 하나의 법칙, 순환의 비밀스러운 도형을 찾아내려는 시도는 실패로 끝났다. 내가 획득한 돌들의 최대 숫자는 419였고, 최소 숫자는 3이었다. 모든 돌이 없어졌으면 하고 기대했던, 또는 그럴까봐 두려웠던 순간이 있었다. 몇 차례 실험을 거치지 않고서도 나는 외따로 떨어져 있는 돌은 증식되거나 사라져버릴 수 없다는 것을 확인하게 되었다.

당연히 덧셈, 뺄셈, 곱셈, 나눗셈과 같은 네 가지 숫자 계산은 불가능했다. 그 돌들은 산수와 확률을 거부했다. 40개로 나눠놓은 돌은 9개가 될 수 있었다. 역으로 9개로 나눠놓은 돌들은 300개가 될 수 있었다. 나는 그것들의 무게가 어떠했는지 알 수가 없다. 나는 그것들을 저울에 달아보지 않았다. 그러나 나는 그것들의 무게가 지속적이고 가벼웠다는 것을 확신한다. 그것들의 색깔은 항상 그 파란색이었다.

그러한 작업들은 내가 미치지 않도록 하는 데 도움을 주었다. 수학을 파괴해 버리는 돌들을 다루면서 여러 차례 최초의 숫자들이었고, 수많은 언어들에게 〈계산〉이라는 단어를 유산으로 물려준 그리스의 돌들에 대해 생각했다. 나는 수학의 기원이 돌에서 시작해 돌에서 끝나고 있다고 뇌까렸다. 만일 피타고라스가 이 돌들을 손에 쥐게 되었더라면…….

한 달쯤 지난 후 그 혼돈은 설명이 불가능하다는 것을 나는 깨달았다. 돌들과 그것들을 만지고, 다시 간지러움을 느끼고, 그것들을 떨어뜨리고, 그것들이 증식하거나 감소하는 것을 보고, 그것들을 홀짝으로 나누고 싶은 끝없는 유혹이 끈질기게 지속되고 있었다. 나는 심지어 그것들이 사물들을, 특히 계속 그것들을 만지고 있는 손가락들을 감염시키지 않을까 두려워하기에 이르렀다.

며칠 동안 나는 계속 돌들에 대해 생각하는 은밀한 습관을 억지로 지켜갔다. 왜냐하면 망각이란 그저 순간적이고 그 고문을 재발견하게 되는 것은 보다 견딜 수 없는 일이라는 것을 알고 있었기 때문이었다.

2월 10일 밤 나는 잠을 자지 않았다. 새벽녘까지 나를 끌고다닌 산보 끝에 나는 와질 칸 사원의 입구에 도달했다. 아직 빛이 색깔들을 되살려놓고 있지 않은 시각이었다. 사원의 뜰에는 단 한 사람의 그림자도 없었다. 나는 무작정 손을 우물물 속에 집어넣었다. 경내로 들어온 나는 하느님과 알라가 인식할 수 없는 유일무이한 〈존재〉의 두 이름이 아닌가 하는 생각이 들었고, 나는 그에게 큰소리로 내 짐을 벗겨달라고 간청했다. 나는 꼼짝 않은 채 응답을 기다렸다.

발자국 소리를 듣지 못했는데 누군가가 가까이서 말했다.

「내가 왔소」

내 곁에는 거지 한 사람이 서 있었다. 새벽 기운 속에서 희미하게 터번과 레몬빛 피부와 회색빛 구레나룻 수염이 드러났다. 아주 큰 키는 아니었다.

그가 내게 손을 내밀며 일정한 낮은 목소리로 말했다.

「적선 한 푼 하슈. 가난한 이들의 수호자시여」

나는 주머니를 뒤져본 뒤 그에게 말했다.

「한 푼도 없네요」

「당신은 많이 가지고 있잖소」 이것이 그의 대답이었다.

내 오른쪽 주머니에는 그 돌들이 들어 있었다. 나는 하나를 꺼내 그의 빈 손에 그것을 떨어뜨렸다. 미세한 소리조차도 나지 않았다.

「모두 주시지요——그가 내게 말했다——다 주지 않으면 아무

것도 주지 않는 거나 마찬가지니까요」
 나는 이해를 했고, 그리고 그에게 말했다.
「내 적선이 무시무시하다는 것을 아셔야 할 텐데」
 그가 내게 대꾸했다.
「아마 이것이 내가 받을 수 있는 유일한 적선일 게요. 나는 죄를 지었으니까요」
 나는 모든 돌들을 그가 오므리고 있는 오목한 손 위에 떨어뜨렸다. 가장 가벼운 소리조차 내지 않는 그것들은 마치 바다 밑으로 떨어지는 것 같았다.
 그러자 그가 말했다.
「나는 당신의 적선이 무엇인지조차 모르오. 그러나 내 것은 무시무시한 것이오. 당신은 낮과 밤, 분별력, 일상적 습관, 그리고 세상을 되찾게 될 거요」
 나는 그 눈 먼 거지의 발자국 소리를 듣지도 못했고, 그가 새벽 속으로 사라지는 것조차 보지 못했다.

빠라셀소의 장미

드 퀸시,[1] 『글』 XIII-345

두 개의 지하실 방으로 구성된 자신의 작업실에서 빠라셀소는 자신의 신에게, 자신의 결정되지 않은 신에게, 그냥 신에게 제자 하나를 보내달라고 간청했다. 날이 저물어가고 있었다. 벽난로의 희미한 불길이 기형적인 그림자들을 만들어놓고 있었다. 철제 등을 켜기 위해 몸을 일으키는 것은 그에게 지나친 고역이었다. 그는 너무 지쳐 있었는지라 이미 자신의 기도에 대해 잊어버리고 있었다. 문을 두드리는 소리가 들렸을 때는 밤이 벌써 먼지 덮인 증류기와 수관(水管)의 윤곽을 앗아가 버린 뒤였다. 그는 졸리운 얼굴로 침대에서 일어났고, 나선식 계단을 올라갔고, 문을 열었다. 낯선 사람이 들어섰다. 그 또한 몹시 지쳐 보였다. 빠라셀소가 벤치 하나를 가리켰다. 낯선 사람이 앉아 기다리는 자세를 취

---

[1] Thomas De Quincey(1785-1859) : 영국의 작가.

했다. 한참 동안 그들은 단 한마디 말도 나누지 않았다.
　먼저 입을 연 사람은 선생이었다.
「나는 서로마제국 사람들의 얼굴들과 동로마제국 사람들의 얼굴들을 아네——그가 약간 과장적인 어조로 말했다——그런데 자네 얼굴은 낯설기만 하군 그래. 자네는 누구며, 내게서 무엇을 원하나?」
「제 이름은 중요하지 않습니다——낯선 이가 대답했다——저는 당신을 찾아 사흘 낮과 밤을 걸어왔습니다. 저는 당신의 제자가 되고 싶습니다. 당신에게 제가 가진 모든 것을 가져왔습니다」
　그가 자루를 꺼내 안에 든 것을 탁자 위에 쏟아놓았다. 수많은 금화였다. 낯선 이는 그 동작을 하기 위해 오른손을 사용했다. 빠라셀소는 등잔을 켜기 위해 등을 돌리고 있었다. 돌아섰을 때 그는 낯선 이의 왼손에 장미가 들려 있는 것을 보았다. 장미가 그에게 왠지 불안감을 안겨다주었다.
　그가 등을 뒤로 기대면서 손가락들을 가지런히 모아 세운 뒤 말했다.
「자네는 내가 모든 물건들을 금으로 바꿔놓는 돌을 만들 수 있는 능력이 있다고 생각하고, 그래서 내게 금을 내놓은 게로군. 내가 찾는 것은 금이 아니네. 만일 자네에게 금이 중요하다면 자네는 결코 내 제자가 될 수 없네」
「금은 중요하지 않습니다——낯선 이가 말했다——이 금화들은 제 노력의 의지를 보여드리고자 하는 것들 중 단지 한 가지 것에 불과합니다. 저는 당신에게 〈예술〉을 배우고 싶습니다. 저는 당신 곁에 머무르면서 〈돌〉로 인도하는 길을 함께 가고 싶습니다」
　빠라셀소가 느린 음성으로 말했다.

「길은 〈돌〉이지. 출발점도 〈돌〉이고. 만일 이 말을 이해하지 못한다면 자네는 아직 이해의 첫걸음도 내딛고 있지 못한 거나 다름없네. 자네가 내딛는 발걸음 하나하나가 바로 목적인 거지」

낯선 이가 근심스러운 얼굴로 그를 바라보았다. 낯선 이가 아까와는 다른 목소리로 말했다.

「그렇지만, 목적이란 게 있기는 있는 건가요?」

빠라셀소가 웃었다.

「어리석음만큼이나 그 숫자도 많은 나를 비방하는 사람들은 〈없다〉고 말하고, 나를 협잡꾼이라고 불러대지. 나는 그들에게 변명 따위를 늘어놓지는 않네. 물론 내가 몽상가일 가능성도 없지는 않지. 그러나 〈길〉이 〈존재〉하고 있다는 것을 아네」

잠시의 침묵이 흐른 뒤 낯선 이가 말했다.

「비록 수많은 해가 걸릴지라도 저는 당신과 함께 그 길을 갈 준비가 되어 있습니다. 저로 하여금 사막을 건너도록 해주십시오. 비록 아주 먼 곳이라 할지라도 그 약속된 땅을 밟도록 해주십시오. 비록 별들이 그곳을 밟도록 가만 내버려두지 않을지라도 말입니다. 그런데 저는 여정을 시작하기 전에 한 가지 검증을 해보고 싶습니다」

「언제 말인가?」 빠라셀소가 불안 섞인 어조로 물었다.

「지금 당장이오」 제자가 간단하고 단호하게 말했다.

그들은 라틴어로 말하기 시작했지만 이제 독일어로 말하고 있었다.

젊은이가 공중에 장미를 들어올렸다.

「선생님께서는──그가 말했다──장미를 태우고 그것이 재 속에서 다시 솟아나오도록 만드는 기술이 있다는 소문을 들었습니다. 제 눈으로 직접 그 기적을 보고 싶습니다. 이것이 제가 원하는 것이고, 그 다음에는 제 인생 전체를 선생님께 바치겠습니다」

「자네는 속기 쉬운 부류의 친구로군 그래——선생이 말했다——내게는 쉽게 속아넘어가는 그런 따위의 것은 필요가 없네. 내가 필요한 것은 신앙일세」

제자는 끈덕졌다.

「정확히 말해 제가 쉽게 속아넘어가는 사람이 아니기 때문에 제 눈으로 장미의 절멸과 부활을 보고 싶다는 그 말입니다」

빠라셀소는 이미 장미를 받아들고 있었고, 말을 하면서 그것을 만지작거리고 있었다.

「자네는 쉽게 속아넘어가는 친구야——그가 말했다——자네 나보고 장미를 없애버릴 수 있는 능력이 있다고 했나?」

「그것을 없앨 수 없는 사람은 아무도 없죠」 제자가 말했다

「틀렸네. 자네는 어떤 것이 무로 돌아갈 수 있다고 믿나? 에덴 동산에서 최초의 인간인 아담이 단 한 포기의 꽃이나 억새풀이나 잡초를 없애버릴 수 있었다고 생각하나?」

「저희들은 에덴 동산에 있는 게 아닙니다——젊은이가 고집스럽게 말했다——여기 달 아래서 모든 것은 죽는 운명을 가지고 있습니다」

빠라셀소가 몸을 일으켰다.

「우리가 다른 어떤 곳에 있는데? 신이 에덴 동산이 아닌 다른 어떤 곳을 창조할 수 있으리라 생각하나? 인간의 타락이라는 것이 우리가 에덴 동산에 있다는 것을 깨닫고 있지 못하는 것 외에 다른 어떤 것이라 생각하나?」

「한 송이의 장미는 불타버릴 수가 있습니다」 제자가 단호하게

말했다.

「불은 여전히 화덕 속에 남아 있지——빠라셀소가 말했다——만일 자네가 이 장미를 숯덩이 속에 던진다면 그것이 타버리고, 재는 진짜라고 믿겠군 그래. 자네에게 말하는데 장미는 영원하고 단지 그 외양만이 변할 따름이지. 이 장미가 다시 나타나도록 하는데 내게는 단 한마디면 족하네」

「단 한마디라구요?——제자가 어리둥절한 얼굴로 물었다——수관은 막혀 있고 증류기에는 먼지가 잔뜩 있잖습니까? 그것을 부활시키기 위해 어떻게 하실 건데요?」

빠라셀소가 슬픈 얼굴로 그를 바라보았다.

「수관은 막혀 있고 증류기에는 먼지가 잔뜩 끼어 있지——빠라셀소가 그의 말을 반복했다——나는 내 인생의 이 긴 여정 속에서 그것들이 아닌 다른 도구들을 사용해 오고 있다네」

「감히 그것들이 무엇인지 여쭤볼 수가 없네요」 제자가 교활하게 또는 겸손하게 말했다.

「나는 신이 하늘과 땅과 우리가 살고 있는 불가시적인 에덴 동산을 창조하기 위해 사용했고, 원죄가 우리로 하여금 보지 못하게 하는 어떤 것에 대해 말하고 있네. 나는 카발라[2]의 과학이 우리에게 가르치고 있는 〈말씀〉에 대해 말하고 있는 것이네」

제자가 냉혹하게 말했다.

「저는 선생님께서 장미를 없앴다가 부활시키는 것을 볼 수 있는 은혜를 베풀어주셨으면 합니다. 저는 선생님께서 그것을 증류기로 하든 〈말씀〉으로 하든 중요하지가 않습니다」

---

2) 유태의 신비철학.

빠라셀소가 생각에 잠겼다. 얼마 후 그가 말했다.
「만일 내가 그렇게 했더라면 자네는 그게 자네 눈의 속임수로부터 야기된 외양의 변화에 불과하다고 말했을 것이네. 기적은 자네가 찾고 있는 신앙을 가져다줄 수가 없어. 그러니 이제 장미를 버리게」
젊은이가 줄곧 미심쩍은 눈초리로 그를 바라보고 있었다. 선생이 목소리를 높여 제자에게 말했다.
「게다가 선생의 집에 들어와 선생에게 기적을 요구하는 자네는 도대체 누구인가? 자네는 그것에 답할 그 어떤 것을 했나?」
제자가 떨면서 말했다.
「저는 제가 아무것도 하지 않았다는 것을 압니다. 저로 하여금 재와 그 다음에 장미를 볼 수 있도록 해주시는 선생님의 그림자 아래서 공부하게 될 수많은 세월의 이름으로 간청합니다. 그 외에는 그 어떤 간청도 드리지 않을 겁니다. 저는 제 눈으로 보아야만 믿게 될 겁니다」
빠라셀소가 탁자 위에 놓아두었던 장미를 재빨리 집어든 제자는 그것을 화염 속에 던져버렸다. 장미는 색깔을 잃어가더니 금세 한 줌의 재로 변해 버렸다. 무한한 찰나 동안 그는 말과 기적을 기다렸다.
빠라셀소의 안색은 전혀 변하지 않고 있었다. 그는 기이하리만치 단순한 어조로 말했다.
「바젤3)의 모든 의사들과 약제사들이 내가 사기꾼이라고 떠들어대고 있지. 아마 맞는 말일지도 모르지. 장미였다가 그렇게 되지

---

3) 현 스위스의 지역 이름.

않을 재가 여기 있군」

젊은이는 부끄러움을 느꼈다. 빠라셀소는 협잡꾼이거나 단순한 몽상가였고, 침입자인 자신은 그의 문을 멋대로 열고 들어와 그의 유명한 마술적 예술이 거짓이었다는 것을 인정하도록 강요하고 있는 것이잖은가.

그는 무릎을 꿇으면서 빠라셀소에게 말했다.

「정말 저는 용서치 못할 짓을 저질렀습니다. 하느님이 신실한 자들에게 요구하셨던 신앙이 제게는 부족했던 겁니다. 계속 재로 보이도록 놔두십시오. 보다 강해지면 다시 돌아와 선생님의 제자가 될 것이고, 〈길〉의 끝에서 장미를 보게 되겠지요」

그는 진실된 마음으로 그렇게 말했다. 그러나 바로 그 마음이 매우 존경스럽고, 매우 상처당하고, 매우 저명하고, 따라서 매우 공허한 늙은 선생이 그에게 불어넣어준 경건심이었다. 가면 뒤에는 아무도 없다는 것을 불경스러운 손으로 확인하도록 한 사람, 요하네스 그리세바하, 그는 누구인가?

선생에게 금화들을 놔두고 간다는 것은 적선이 될 것이었다. 그는 그것들을 다시 주머니에 담아가지고 나갔다. 빠라셀소가 계단 발치까지 그를 배웅했고, 언제건 방문을 환영하겠다고 말했다. 두 사람은 이제 결코 서로 만나게 되지 않으리라는 것을 알고 있었다.

빠라셀소는 홀로 남았다. 등잔을 끄고, 삐걱거리는 의자에 앉기 전 그는 오목하게 오므린 손으로 한 움큼의 허무한 재를 떠올렸다. 그리고 낮은 소리로 무엇인가 중얼거렸다. 장미가 되살아났다.

셰익스피어의 기억

괴테의, 에다(북구의 운문 설화)의, 보다 후대에 나온 『니벨룽겐의 노래』[1]의 예찬자들이 있다. 셰익스피어는 나의 목적지였다. 최근에 프레토리아에서 죽은 다니엘 토프라는 단 한 사람을 제외하고 아무도 감지할 수 없는 그런 방식으로 내게 그러했다. 또 다른 존재가 하나 더 있지만 나는 결코 그의 얼굴을 본 적이 없다.

나는 헤르만 세르겔이다. 호기심이 강한 독자는 아마 나의 『셰익스피어의 연대기』를 들춰본 적이 있으리라. 한때 나는 그 책이 셰익스피어의 작품을 이해하는 데 큰 도움이 된다고 믿었고, 그 책은 스페인어를 포함한 여러 언어로 번역되었다. 테오발트가 1734년에 발간한 자신의 주해서에 삽입했고, 그날로부터 정전(正典)의 의심할 바 없는 한 부분이 된 한 수정 문구와 관련하여 계

---

1) 북구의 설화를 모방한 게르만 족의 설화.

속된 논쟁을 머리에 떠올리는 것 또한 불가능한 일은 아니리라. 오늘날 나는 그 오래된 책의 페이지들이 가진 무례한 어조에 놀라게 된다. 1914년경 나는 출판을 하지는 않았지만 그리스 연구가이자 극작가인 조지 채프만이 자신의 호머 번역판들을 위해 짜냈고, 그 스스로도 의식하지 못한 채 영어를 그것의 기원인 앵글로색슨어로 되돌려놓게 되는 합성어들에 관한 연구 논문을 썼다. 나는 이제는 잊어버린 그의 음성이 내게 친숙하게 느껴졌다고 생각한 적이 없었다. 아마 발췌본 하나를 덧붙이는 것으로 내 문학적 저술의 목록은 끝이 나리라. 1917년 동부전선에서 쓰러진 내 동생 오토 율리우스의 죽음에 대해 계속 생각하지 않기 위해 시작했던 출판되지 않은 「맥베스」의 번역 원고를 포함시키는 게 온당한 것인지 확신이 서지 않는다. 나는 그것을 끝맺지 못했다. 왜냐하면 뛰어난 음악성에도 불구하고 우리의 독일어는 단지 하나의 어원밖에 가지고 있지 못하는데 영어는 운좋게도 두 개의 어원——게르만 어속과 라틴 어속——으로 구성되어 있다는 것을 깨달았기 때문이었다.

나는 이미 앞에서 다니엘 토프라는 이름을 언급했었다. 나는 어느 셰익스피어 학회에서 바클레이 선생으로부터 그를 소개받았다. 나는 그 장소와 날짜를 밝히지 않으려고 한다. 왜냐하면 나는 그러한 정확성이라는 게 사실 모호함이라는 것을 아주 잘 알고 있기 때문이다.

보다 중요한 것은 나의 부분적 시력 상실 덕분으로 잊어버린 다니엘 토프의 얼굴이 널리 알려진 그의 불행과 관련이 있다는 것이다. 나이가 들면 사람은 많은 것을 위장할 수 있지만 행복만은 그렇게 할 수가 없다. 다니엘 토프는 거의 신체적인 방식으로 자신의 우수를 드러내곤 했다.

긴 회합이 끝난 뒤 우리는 한 술집으로 갔다. (이미 우리는 그곳에 있었지만) 우리가 영국에 있다는 것을 느끼기 위해 우리는 영국적인 아연 항아리에 담은 칙칙하고 검은 맥주를 마셔댔다.

「펀자브[2]에서——선생이 말했다——사람들이 내게 한 거지에 대해 얘기를 해주는 거야. 이슬람의 설화에서는 새들의 언어를 이해할 수 있도록 해주는 반지 하나가 솔로몬 왕의 것이었다고 알려져 있지. 그 거지가 바로 그 반지를 가지고 있다는 소문이 자자하다는 거야. 그것의 가치는 셈할 수 없을 정도여서 결코 팔 수가 없었고, 그는 라호[3]에 있는 와질 칸 사원의 마당에서 죽었지」

나는 초서[4]가 그 불가사의한 반지의 설화에 대해 모르는 게 아니었다는 생각을 떠올렸다. 그렇지만 그것을 말하는 것은 바클레이의 얘기를 멋적게 만드는 일이 되리라.

「그렇다면 반지는요?」 내가 물었다.

「마술적인 물건들이 늘 그러하듯 사라져버렸지. 아마 사원의 어떤 은밀한 곳이나 새들이 없는 곳에 살고 있는 어떤 사람의 손에 들어갔는지도 모르지」

「아 새들이 많이 있는 곳에서는——내가 말했다——그것들이 지저귀는 게 무슨 소리인지 뒤죽박죽이 되어버리지요」

「바클레이, 당신의 얘기는 약간 우화적인 측면을 가지고 있는 것 같군요」

---

2) 인도와 파키스탄에 걸쳐 있는 지역의 이름.
3) 파키스탄의 펀자브 지역에 있는 도시의 이름.
4) Geoffrey Chaucer(1342-1400) : 영국의 시인이자 작가로『켄터베리 이야기』의 저자.

셰익스피어의 기억 183

　다니엘 토프가 이렇게 입을 연 것은 바로 그때였다. 그는 우리를 쳐다보지도 않은 채 무감각한 어조로 말했다. 그는 아주 특수한 방식으로 영어를 발음했는데 아마 동양에서 오래 산 탓인 듯했다.
　「그것은 우화가 아니에요──그가 말했다──만일 그렇다면 그 반지 이야기는 사실이라고 해야겠지요. 가치를 판단할 수가 없어 팔 수가 없는 물건들은 있는 법이니까요」
　내가 머릿속에 그렸던 말보다, 똑같은 뜻의 말이면서도 다니엘 토프가 가지고 있는 말의 설득력이 훨씬 더 내 가슴에 다가왔다. 우리는 그가 갑자기 뭔가 말을 더 하리라 생각했는데 마치 후회에 사로잡힌 듯 그가 갑자기 말을 멈추었다. 바클레이가 우리에게 작별인사를 건넸다. 우리 둘은 함께 호텔로 돌아왔다. 이미 밤이 이슥해져 있었다. 다니엘 토프가 자신의 방에 가서 더 얘기를 하지 않겠느냐고 제안했다. 자질구레한 이런저런 얘기 끝에 그가 말했다.
　「내가 당신에게 솔로몬 왕의 반지를 주겠소. 물론 비유입니다. 하지만 이 비유가 내포하고 있는 것은 반지 자체만큼이나 불가사의한 것이지요. 당신에게 셰익스피어의 기억을 드리겠소. 아주 오래된 어린 시절의 것부터 1616년 4월 초의 것까지 말입니다」
　나는 어안이 벙벙해져 버렸다. 마치 바다를 제공받는 것과 같다고나 할까.
　토프가 말을 이어갔다.
　「나는 협잡꾼이 아닙니다. 그렇다고 미친 것도 아닙니다. 내 이야기를 다 듣기 전까지는 성급한 판단을 유보해 주셨으면 합니다. 당신의 선생께서 내가 군의관이었고, 지금도 그러하다는 것을 말해 주셨을 겁니다. 얘기인즉슨 간단합니다. 얘기는 동양에서, 새벽에 한 혈액 병원에서 시작됩니다. 정확한 날짜는 중요하지 않습니다. 두 발의 라이플 총탄을 맞은 아담 클레이라고 하는 한 병사가 임종하기 직전의 마지막 음성을 가지고 그 정확한 기억을 내게 들려주었지요. 그가 토해내는 신음과 열은 꾸며낸 것이었지요. 그래서 나는 믿음 없이 그의 선물을 받아들였지요. 게다가 전쟁을 경험한 사람에게 세상에 기이한 것이란 아무것도 없는 법이지요. 그는 자신의 선물이 가진 유일무이한 정황을 제대로 설명할 시간조차 거의 갖지 못했어요. 그는 큰소리로 그것을 제공해야 했고, 듣는 사람은 그것을 받아들여야 했지요. 그것을 주는 사람은 그것을 영원히 잃게 되는 거지요」

그 군인의 이름과 그가 그것을 제공하는 애절한 장면은 내게 나쁜 의미에서의 문학적인 것으로 들렸다.

약간 친밀감이 느껴진 나는 그에게 물었다.

「그렇다면 당신은 지금 그 셰익스피어의 기억을 가지고 있나요?」

토프가 대답했다.

「나는 두 개의 기억을 가지고 있는 형편이지요. 내 개인의 기억과 부분적으로 나 자신인 셰익스피어의 기억. 보다 정확히 말하자면 두 개의 기억이 나를 가지고 있다고 해야겠지요. 그것들이 서로 뒤섞이는 지점이 있지요. 어떤 시대에 속하는지 알 수 없는 그런 여자의 얼굴이 존재하고 있는 곳」

잠시 후 나는 그에게 물었다.

「셰익스피어의 기억을 어떻게 했나요?」

침묵이 다가왔다. 잠시 후 그가 말했다.

「나는 평단으로부터는 조롱을 받고, 미국과 다른 식민지에서는 상업적 성공을 거둔 소설적 전기를 썼지요. 그것이 전부였을 거예요. 나는 내게 주어진 선물이 단순한 무엇이 아니라는 것을 예감하고 있었지요. 나는 계속 그것이 내게 가져다줄 반대급부를 기다리고 있지요」

나는 생각에 잠겼다. 나는 셰익스피어를 추적하는 일에 기이한 만큼이나 무덤덤한 내 인생을 송두리째 헌신하지 않았던가? 긴 여정의 끝에 그와 만나게 되는 것은 매우 지당한 일이 아니었을까?

나는 한 자 한 자 또박또박 발음하며 말했다.

「셰익스피어의 기억을 받아들이겠소」

의심할 바 없이 무엇인가 일어났지만 나는 그것을 느끼지 못했다.

고작해야 아마 상상에 불과할 미미한 피로감을 느꼈다고나 할까.

나는 토프가 말했던 것을 지금도 또렷하게 기억하고 있다.

「기억은 이미 당신의 의식 속에 들어갔지만 당신은 그것을 스스로 발견해야 하오. 그것은 꿈속에서, 깨어 있을 때, 어떤 책의 책장을 들출 때, 모퉁이를 돌 때 나타날 것이오. 너무 조바심을 내서도, 기억들을 억지로 만들어내서도 안 됩니다. 우연이 자신의 신비스러운 방식에 따라 그것을 드러내보일 수도, 지연시킬 수도 있습니다. 내가 잊어버리는 만큼 당신은 기억하게 될 겁니다. 나로서는 그 기한을 전혀 장담할 수가 없소」

우리는 남은 밤 시간을 셜록[5]의 성격에 관한 토론으로 보냈다.

---

5) 셰익스피어의 「베니스의 상인」에 나오는 유태인 고리대금업자.

나는 셰익스피어가 유태인에 대해 특별한 개인적 감정을 가지고 있었던 게 아닌가 따져보려다 말았다. 나는 토프로 하여금 내가 자신을 시험해 보고 있는 게 아닌가 상상하도록 만들고 싶지 않았다. 마음이 편해져서인지 불안 때문에 그러했는지는 몰라도 나는 그가 마치 나처럼 지나치게 학문적이고 지나치게 상투적이라는 확신을 내렸다.

전날 밤을 뜬눈으로 샜음에도 불구하고 나는 다음날 거의 잠을 자지 않았다. 다른 수많은 순간들에도 그러했던 것처럼 나는 내 자신이 겁쟁이라는 것을 재확인하게 되었다. 나는 탈취당할지도 모른다는 두려움 때문에 자비로운 기다림에 내 자신을 맡기지 않았다. 나는 토프의 선물이 하나의 환상에 불과하다고 생각하려고 애를 썼다. 그러나 거역할 수 없게도 기다림이 그보다 컸다. 사랑 안에서도, 우정 안에서도, 심지어 증오 안에서도, 그 누구도 그 누구에 대해 그렇게 될 수 없었던 것처럼 셰익스피어는 나의 것이 되리라. 어떤 방식이 되었든 간에 나는 셰익스피어가 되리라. 나는 비극도 정묘한 소네트도 쓰지 않을 것이다. 그러나 나는 운명의 여신들이기도 한 마녀들이 내게 나타나는 순간과, 방대한 시구들이 주워지는 순간을 기억하게 될 것이리라.[6]

　　이 육욕에 지친 육체로부터
　　불길한 별들의 멍에를 털어내고

나는 이제는 중년이 된, 아주 오래전 뤼벡[7]에서 내게 사랑을

---

6) 이 부분은 셰익스피어의 작품들을 암시하고 있다.

가르쳐주었던 그 여자를 기억하듯 앤 하더웨이[8]를 기억할 것이리라(나는 그녀를 기억하려고 애를 써보았다. 그러나 내가 떠올린 것은 노란 벽지와 창문을 통해 들어온 빛뿐이었다. 이 첫번째 실패는 나로 하여금 또 다른 실패들을 예상하게끔 만들었다).

나는 그 불가사의한 기억의 영상들이 단연코 시각적이리라 확신했었다. 그러나 실제는 그렇지 않았다. 며칠 후 면도를 하다가 나는 거울 앞에서 내게 낯설고, 내 동료 교수가 지적한 바대로 초서의 어법에 속하는 몇 가지 단어들을 토해냈다. 어느 날 오후 대영박물관을 나오던 나는 전에 내가 단 한번도 들어보지 못했던 매우 간략한 멜로디를 휘파람으로 불고 있었다.

이미 독자들은 이 초기에 출현한 기억들이 가진 일반적 특징이 몇몇 뛰어난 은유가 엿보이기는 하지만 시각적이기보다는 아주 청각적이라는 것을 눈치챘을 것이다.

드 퀸시는 인간의 뇌란 하나의 양피지 같다고 말했다. 새로운 글이 전의 글을 뒤덮고, 그것은 이어지는 다른 글에 의해 덮여진다. 그러나 전능한 기억은 만일 충분한 자극만 주어진다면 비록 순간이라 할지라도 그 어떤 느낌도 떠올릴 수 있다. 스스로의 증언에 따르면 셰익스피어의 집에는 단 한 권의 책, 심지어 성경조차 없었다. 그러나 그가 뻔질나게 읽었던 책들에 대해 모르는 사람은 없다. 초서, 고어,[9] 스펜서,[10] 크리스토퍼 멀러우,[11] 홀린쉐드[12]의 『연대기』, 몽테뉴, 플루타르크. 나는 잠복되어 있는 방식

---

7) 독일의 항구 도시 이름.
8) 셰익스피어의 연상의 부인.
9) John Gower(1330-1405) : 영국의 시인.
10) Edmund Spenser(1552-1599) : 영국의 시인.
11) Christopher Marlowe(1564-1593) : 영국의 극작가.

으로 셰익스피어의 기억을 소유하고 있었다. 그 오래된 책들의 읽기, 말하자면 다시 읽기는 내가 찾던 그런 자극이 되었으리라. 나는 그의 가장 임기응변적인 작품들인 소네트들 또한 다시 읽었다. 어떤 때 나는 하나의 해석 방식, 또는 수없는 해석 방식과 마주치기도 했다. 좋은 시구들은 큰소리를 내 읽는 것을 요구한다. 며칠 지나지 않아 나는 힘 안 들이고 16세기의 둔탁한 /r/발음과, 입을 벌려서 말하는 모음의 발음을 회복했다.

나는 《차이트슈리프트 퓌어 게르마니쉐 필롤로기 Zeitschrift für germanische Philologie(독일문헌학 잡지)》지에 소네트 127번이 기념비적인 스페인 무적함대[13]의 격퇴를 시사하고 있다는 글을 썼다. 나는 사무엘 버틀러가 1899년 그 주제를 이미 썼다는 것을 기억하지 못했다.

한 차례 행한 스트라포드 언 아봉 읍[14]의 방문은 예상한 대로 아무런 소득이 없이 끝났다.

그 뒤로 나는 내 꿈들의 점진적 변화에 대해 깨닫고 있다. 그것들은 내게 마치 드 퀸시에게서처럼 휘황찬란한 악몽들도, 그의 스승 장 파울[15]과 같은 방식의 알레고리적인 거룩한 환영들도 아니었다. 낯선 얼굴들과 방들이 나의 밤 속에 스며들어 왔다. 내가 정체를 알아본 첫 얼굴은 채프만의 얼굴이었다. 그 다음은 벤 존슨[16]의 얼굴, 그리고 전기에 나와 있지 않으나 셰익스피어가 자주

---

12) Raphael Holinshed(?-1580) : 영국의 역사가.
13) 스페인이 영국의 엘리자베스 여왕을 폐위시키기 위해 영국에 보냈으나 폭풍우 등으로 패배한, 130척으로 구성된 스페인 함대.
14) 영국 중부의 지역 이름으로 셰익스피어가 태어난 곳이다.
15) Jean Paul(1763-1825) : 독일의 소설가이자 철학자.
16) Ben Jonson(1573-1637) : 셰익스피어 시대의 극작가이자 시인.

보았을 존슨의 이웃에 사는 어떤 사람의 얼굴이었다.

누군가가 백과사전을 구입한다고 해서 그가 모든 행, 모든 단락, 모든 페이지, 모든 삽화를 다 얻게 되는 것은 아니다. 그는 단지 그러한 것들 중 어떤 것을 알게 될 가능성만을 얻게 되는 것이다. 만일 그것이 항목들을 알파벳 순서에 따라 정리해 놓은 구체적이면서 상대적으로 간단한 어떤 실체에서도 일어날 수 있다면 마치 죽은 자의 마술적 기억과 같은 추상적이고 변하기 쉽고, 〈물결치고 다변적인〉 어떤 실체에서 또한 일어나지 말라는 법이 어디 있는가?

아무도 한 순간에 자신의 과거 전체를 회상할 수 없다. 내가 아는 한 셰익스피어도 그의 부분적 상속인인 나에게도 그러한 선물은 주어지지 않았다. 인간의 기억은 종합이 아니다. 그것은 무규정적인 가능성들의 혼돈이다. 내가 잘못 알고 있지 않는 한 성 아구스틴은 기억의 궁전들과 동굴들에 대해 언급한다. 두번째 비유가 보다 적합하다. 그 동굴들 속으로 나는 들어갔다.

마치 우리들의 것처럼 셰익스피어의 기억은 그 스스로에 의해 자발적으로 배척한 어둠의 지역들을 그 안에 가지고 있다. 나는 조금은 흥분한 채, 벤 존슨이 셰익스피어로 하여금 라틴과 그리스의 6보격 시를 읊게 했고, 증오——셰익스피어에 대한 그의 증오——는 늘 동료들의 너털웃음 속에서 상당히 흩어져 버리곤 했다는 것을 기억했다.

나는 인류가 공통적으로 경험해 깨닫고 있는 운명과 어둠의 상태들에 대해서 알게 되었다. 학문에 묻혀 살았던 긴 고독은 그것을 의식하지 못했던 나로 하여금 순순히 그 기적을 받아들이도록 만들어놓았던 것이다.

몇 달이 지난 후 그 죽은 자의 기억이 나에게 활기를 불어넣기 시작했다. 기이한 행복감으로 가득 찼던 한 주일의 시간 동안 나는 거의 셰익스피어가 되었다고 믿게 되었다. 그의 작품들은 나를 위해 새롭게 변화되었다. 나는 셰익스피어에게 달은 달이라기보다는 다이아나(달의 여신)이고, 다이아나라기보다는 의미가 유보되는 그 모호한 단어, 문(moon, 영어의 달)이라는 것을 알고 있다. 또 다른 발견에 대해서는 이미 지적했다. 위고가 예찬했던 셰익스피어의 명백한 태만함, 그러니까 〈무한 속의 그러한 부재들〉은 의도적인 것이었다. 셰익스피어는 무대에 올려지기 위한 자신의 언어가 동시적이면서도 지나치게 매끄럽거나 인공적으로 보이지 않도록 그러한 부재들을 용인하거나, 군데군데 그것들을 삽입시켰다. 같은 이유가 그로 하여금 여러 은유들을 뒤섞도록 만들었다.

    내 삶의 길은
    시듦, 노란 잎사귀로 전락해 버렸다

어느 날 아침 나는 기억의 깊은 곳에서 죄책감 하나를 발견하게 되었다. 나는 그것의 내용이 무엇인지 밝히려고 시도하지 않았다. 왜냐하면 셰익스피어가 영원히 그렇게 하도록 만들어놓았기 때문이었다. 한 가지 명백한 것은 그러한 죄책감이 일반적인 타락과는 아무런 관계가 없다는 것이다.
    나는 인간 정신의 세 기능, 기억과 이해와 의지가 스콜라 철학적 허구가 아니라는 것을 깨닫게 되었다. 셰익스피어의 기억은 내게 셰익스피어를 둘러싼 정황들 이상의 것을 드러내 보여줄 수가 없었다. 그것들이 셰익스피어의 특이성들만으로 구성되어 있지 않다는 것은 명백하다. 중요성은 그가 그 덧없는 물질을 가지고 만든 작품에 있다.

나는 천진난만하게도 마치 토프처럼 하나의 전기(傳記)를 미리 머릿속에 그렸었다. 나는 곧 그 문학 장르가 명백히 내게 속해 있지 않는 어떤 조건들을 요구한다는 것을 깨닫게 되었다. 나는 이야기를 꾸밀 줄 모른다. 나는 셰익스피어의 삶보다 더 기이한 내 삶조차 이야기로 꾸밀 줄 모른다. 게다가, 그런 책이 무슨 소용이 있단 말인가. 모든 인간이 알고 있는 그 무시무시한 사소한 것들이 셰익스피어에게 우연과 운명을 가져다주었다. 그는 그것들을 우화로, 그것들을 꿈꾸었던 잿빛 인간보다 훨씬 생생한 작중 인물들로, 세월이 흘러도 음성적 음악으로 전락하지 않을 시들로 변환시켜 놓았다. 무엇 때문에 그러한 그물을 벗겨내고, 무엇 때문에 망루를 바라다보고, 무엇 때문에 「맥베스」[17]의 음성과 분노를 실화적 전기나 사실주의적 소설의 값싼 더미 속으로 축소시켜 놓는단 말인가?

아는 바대로 괴테는 독일의 공식 문화를 구축한다. 반면에 우리가 애틋한 그리움을 가지고 신봉하는 셰익스피어의 문화는 보다 사적이다(영국에서, 영국 사람들로부터 너무나 멀리 떨어져 있는 셰익스피어는 공식 문화를 구성한다. 영국의 국가적 책은 성경이다).

탐험의 첫번째 국면에서 나는 셰익스피어가 되는 행운을 맛보았다. 그러나 나중에 가서 그것은 억압과 공포로 바뀌어졌다. 처

---

17) 셰익스피어의 작품.

음에 두 개의 기억은 서로의 물을 뒤섞었다. 시간이 지나가면서 셰익스피어의 거대한 강은 나의 평범한 물길을 위협하고, 급기야는 거의 그 안에 휩쓸려 들어가버리도록 만들기에 이르렀다. 나는 두려움과 함께 내가 모국어를 잊어가고 있다는 것을 깨닫게 되었다. 사람의 자기 정체성은 기억에 근거하고 있는지라 나는 미치지나 않을까 두려웠다.

친구들이 나를 찾아오곤 했다. 나는 그들이 내가 지옥 속에 있다는 것을 깨닫지 못하는 것에 놀라울 뿐이었다.

나는 나를 둘러싸고 있는 일상적인 것들(매일의 주변환경)에 대해 이해할 수 없게 되기 시작했다. 어느 날 아침 나는 철물들과 목재들과 유리들로 구성된 거대한 구조물들 속에서 길을 잃어버렸다. 호르라기 소리와 고함소리가 나로 하여금 기겁을 하게 만들었다. 브레멘 역의 기관차들과 화차들을 기억하는 데는 내게 영원처럼 느껴졌던 한 순간이 걸렸다.

세월이 흘러감에 따라 모든 사람은 늘어가는 기억의 무게를 견뎌내지 않으면 안 된다. 두 기억은 이따금 서로 뒤섞이면서 나를 기진맥진하게 만들었다. 어쨌거나 나의 기억과 또 다른 사람의 기억은 서로 교통할 수 없는 것들이었다.

스피노자는 〈모든 것은 자신의 원래 모습대로 남아 있고 싶어 한다〉고 말했다. 돌은 돌로, 호랑이는 호랑이로 남아 있고 싶어 하고, 나는 헤르만 쉐르겔로 되돌아가고 싶었다.

나는 해방이 되기로 결심을 했던 그 날짜를 기억하지 못한다. 내게 가장 손쉬운 방법이 떠올랐다. 나는 아무 데나 전화번호를 돌렸다. 어린애들, 또는 여인의 목소리가 전화를 받았다. 나는 그들에게 피해를 주어서는 안 될 의무가 있다고 생각했다. 마침

셰익스피어의 기억 193

내 나는 지적인 한 남자의 음성과 만나게 되었다. 나는 그에게 말했다.
「셰익스피어의 기억을 원하시나요? 나는 당신에게 드리려고 하는 그것이 예사롭지 않은 것이라는 사실을 알고 있습니다. 잘 생각해 보십시오」
의심이 많은 듯한 그 음성이 대답했다.
「그 위험과 맞닥뜨리겠소. 셰익스피어의 기억을 받기로 하겠소」
나는 선물의 조건들을 말했다. 나는 내가 썼어야 했고, 그러나 내게 쓰는 게 금지되어 있던 어떤 책에 대한 아쉬움과, 그 식객, 즉 유령이 결코 나를 떠나지 않을 것 같은 두려움을 동시에 느꼈다.
나는 전화기를 내려놓았고, 다음과 같은 체념적인 말을 되풀이해 웅얼거렸다.
〈내가 존재한다는 단지 그 사실이 나를 살아 있게 하리라.〉
나는 옛 기억을 깨우기 위해 시험의 과정들이 필요하다고 생각했었다. 마찬가지로 그것을 지우기 위해서도 또 다른 시험의 과정들이 필요했다. 그 많은 것들 중의 하나가 스웨덴보리의 반동적 제자였던 윌리엄 블레이크의 신화에 관한 연구였다. 나는 그것이 복합적이라기보다는 복잡하다는 것을 확인하기에 이르렀다.
그것과 또 다른 것들을 시도해 보았지만 소용이 없었다. 모든 게 나를 셰익스피어로 데려가는 것이었다.
마침내 나는 희망을 채우기 위한 유일한 방법을 발견하기에 이르렀다. 엄중하고 장대한 음악, 바하.
후기(1924)——나는 사람들 가운데 있는 사람이다. 깨어 있을 때 나는 문서철을 정리하고, 자질구레한 학문적 글들을 쓰는 헤르만 쉐르겔 석좌교수이다. 그러나 나는 새벽에 꿈을 꾸고 있는 사람이 또 다른 자라는 것을 안다. 때때로 아마 진실된 것일 작고 덧없는 기억들이 나를 놀라게 하곤 한다.

작품 해설

　보르헤스의 후기작 『모래의 책』과 『셰익스피어의 기억』은 『작가』와 『칼잡이들의 이야기』에서 새롭게 시도된 보르헤스적 주제들 중 몇 가지를 보다 심화시킨 작품들이 주를 이루고 있다. 구체적으로 명시해 보자면 그것들은 유사 고고인류학적 환상성, 이중성의 문제, 그리고 리얼리즘적 경이성이다. 굳이 이러한 범주들에서 약간 비켜난 예외를 찾자면 「지친 자의 유토피아」와 「셰익스피어의 기억」을 들 수 있을 것이다. 전자는 공상과학적 환상에 가깝고, 후자는 『작가』에서 주요 테마로 등장했던 경이적 환상성을 주요 텍스트성으로 가지고 있다.
　『칼잡이들의 이야기』에서 핵심적인 텍스트 구조로 등장했던 리얼리즘적 경이성은 보르헤스의 후기작에서 「매수」, 「은혜의 밤」, 그리고 「아벨리노 아레돈도」로 한정된다. 더구나 이 두 작품은 모두 『모래의 책』에 실려 있는 것으로서 『셰익스피어의 기억』에 나오는 단편들 중에는 리얼리즘적 경이성을 띠고 있는 작품은 단 하나도 없다.

「매수」는 이질적인 문화 배경을 가진 두 교수 사이의 갈등을 다루고 있어 소위 대결구도를 통해 리얼리즘적 경이성을 산출해 보였던 『칼잡이들의 이야기』의 연장선상에 있는 작품이라 할 수 있다. 이 작품에서는 평형감각을 지키려는 미국인 특유의 성격을 가진 윈드롭 교수와, 자신의 목적 달성을 위해 그것을 역이용하는 아이슬랜드 출신 아이너슨 교수가 등장한다. 미국인들의 특성을 잘 알고 있는 아이너슨 교수는 교묘한 계략에 따라 학회지에 윈드롭 교수의 논지와 교육법을 비판하는 글을 싣는다. 그가 그렇게 한 것은 공정하지 않다는 소리를 듣지 않으려고 윈드롭 교수가 그를 비판한 자신을 틀림없이 독문학회에 나가는 학교 대표로 뽑으리라는 계산에서다. 윈드롭 교수는 아이너슨의 책략대로 자신을 비판했기 때문에 반대표를 던졌다는 소리를 듣지 않기 위해 자발적으로 아이너슨을 대표로 천거한다. 두 사람의 이러한 기이한 대결구도는 윈드롭의 다음과 같은 경구적 탄식으로 끝이 난다.

「(……) 그렇지만 우리는 서로가 아주 다른 사람들이 아니오. 한 가지 죄가 우리를 묶어주고 있는 거요. 허망함이라는 죄. 당신은 당신의 그 빼어난 계교를 자랑하기 위해 나를 방문했소. 나는 내가 공정한 사람이라는 것을 뽐내기 위해 당신의 계략을 뒷받침해 주었고」

4권의 『칼잡이들의 이야기』에서도 이와 비슷한 이야기가 등장한다. 아르헨티나 출신 교수와 유태인 교수 사이의 대결구도를 그린 「과야낄」이 그것이다. 이 두 작품은 모두 겉으로는 드러나 보이지 않는 대결구도의 이면을 폭로해 보임으로써 거의 환상에 가까운 리얼리즘적 경이성을 표출해 낸다. 비록 엄격한 의미의 대결구도를 가지고 있지는 않지만 「아벨리노 아레돈도」 또한 다른 각도에서 리얼리즘적 경이성을 드러낸다. 이 작품은 『작가』의 「케네디를 추모하며」에서 잠깐 언급된, 1897년 당시의 우루과이 대통령 이디아르떼 보르다를 암살한 아벨리노 아레돈도의 반기록적/반상상적 전기 형식을 취하고 있다. 비록『칼잡이들의 이야기』에 나오는 리얼리즘적 경이성에 비해 강도는 떨어지나 이 작품 또한 암살의 결심과 결행의 경과 속에 깃들여 있는 기이한 이면을 보르헤스 특유의 무감각한 필체로 잘 그려내고 있다.

「은혜의 밤」에서는 한 아이가 단 하룻밤에 모든 인간에게 가장 중요한 두 가지 사건인 사랑과 죽음을 목격하게 되는 스토리를 다루고 있다. 그때로부터 오랜 세월이 지나 이미 나이가 들어 있는 그는 화자에게 이렇게 말한다.

「(……) 아주 짧은 시간의 흐름 속에서 나는 사랑을 알았고, 그리고 죽음을 보았던 거지요. 모든 사람들은 모든 것을 보고, 아니 적어도 모든 사람들은 그 두 가지를 볼 수 있게끔 운명지워져 있지요. 그러나 내게는 한 밤으로부터 아침 사이에 그 두 가지 본질적인 것들이 드러나도록 예정되어 있었던 거지요. (……)」

사랑과 죽음의 목격, 그것은 인간에게 본질적인 사건이기에 너무도 평범한 것이면서도 동시에 경이스러운 것이다. 그리고 그것은 모든 사람들에게 일어나고, 그 소년에게는 그 두 가지가 하룻밤에 동시에 일어났기 때문에 경이로움을 더해 준다. 우리는 자주 사실이 허구보다 더 경이스럽다는 말을 하곤 하는데 바로 그러한 뜻밖의 깨달음과 리얼리즘적 경이성은 일맥상통한다고 할 수 있을 것이다.

의도적인지는 몰라도『모래의 책』과『셰익스피어의 기억』에 나오는 첫 작품은 똑같이 이중성을 그 주제로 가지고 있다.『모래의 책』의 「타자」는 20대의 보르헤스와 60대의 보르헤스가, 『셰익스피어의 기억』의 「1983년 8월 25일」은 70대의 보르헤스와 80대의 보르헤스가 만나게 되는 연속적 시간의 혼란을 다루고 있다. 이 주제는 이미 『작가』의 「보르헤스와 나」에서 한 차례 다루어진 주제이다. 그러나 이 두 작품에서는 연속적 시간 속에서 어제의 나는 오늘의 나가 아님을 갈파하는 「보르헤스와 나」로부터 한 걸음 더 나아가 현재와 과거의 보르헤스, 현재와 미래의 보르헤스가 동시에 공존할 수 있는 비연속적 시간성을 소설적 탐험의 주 대상으로 삼고 있다. 이 네 명의 보르헤스는 서로가 서로의 꿈속에 있는, 즉 꿈꾸어지고 있는 존재라고 주장한다. 바꿔 말하면 비연속적 시간 속에서 과거, 현재, 미래는 동시에 존재하고, 한 시점에서의 다른 시점에 있는 또 다른 나는 일종의 꿈꾸어지고 있는 존재라는 뜻이다. 중요한 문제는 이러한 꿈과 미로의 개념이 이전의 작품에서도 많이 다루어져 왔지만 이들 두 작품에서는 거의 확신에 찬 어조로 개진되고 있다는 사실이다. 이것은 4권의 해설에서도 밝힌 바대로 후기의 보르헤스가 이러한 비연속적 시간에 대해 확신을 가지고 있었고, 그것으로부터 종교적 구원이 아닌 철학적 구원을 기대하지 않았나 하는 유추를 해보도록 만들어 준다.

『칼잡이들의 이야기』에서 두 편, 그것도 「브로디의 보고서」에서만 보다 명백한 모습을 드러냈던 유사 고고인류학적 환상성은 『모래의 책』에 이르러 가장 중심적인 텍스트성으로 부상한다. 사실 앞에서 다른 주제적 특성을 가지고 있다고 예시한 몇몇 작품들을 제외하고 『모래의 책』뿐만 아니라 심지어 『셰익스피어의 기억』에 나오는 나머지 작품 모두는 치명적으로 이 유사 고고인류학적 환상성에 내포되어 있다. 이들 작품들은 대부분 초심리학/심령학을 이용한 대중문학적 구조, 즉 괴기물의 구조를 그 외형으로 가지고 있다. 「울리카」에서는 북구 신화의 현대적 반복, 「의회」에서는 세계 전체를 대표하는 의회를 만들고자 하는 비밀 집단, 「더 많은 것들이 있다」에서는 현대판 미노타우루스, 「30교파」에서는 유다와 예수를 동시에 숭배하던 한 이교, 「거울과 가면」에서는 아일랜드의 설화, 「운드르」에서는 우른이라는 기이한 종족, 「원반」에서는 한쪽 면밖에 없는 원반에 관한 색슨 족의 설화, 「모래의 책」에서는 인도에서 발견된 끝없이 페이지가 늘어나는 〈무한한 책〉, 「파란 호랑이들」에서는 펀자브 지역의 한 마을에서 발견된 숫자가 증식하거나 축소되는 〈파란 돌들〉, 「빠라셀소의 장미」에서는 재로 변해버린 장미를 다시 되살릴 수 있는 마술사가 등장한다. 그러나 『칼잡이들의 이야기』에 나오는 「만남」이나 「브로디의 보고서」에서처럼 여기서도 이러한 유사 고고인류학적 장치들은 보르헤스가 천착하는 다른 주제들을 다루기 위한 구조적 도구로서 차용될 뿐이다.

「울리카」는 보르헤스가 후기에 집착했던 비연속적 시간 속의 반복이라는 주제를 조명하기 위해 북구의 시구르트와 브린힐트의 신화를 빌려온다. 「의회」에서는 세계를 대표하는 의회라는 상징을 통해 보르헤스의 주요 주제들 중의 하나인 우주, 또는 세계의 진정한 실상을 표상해 보이고자 한다. 보르헤스는 이 작품을 통해 우주/세계가 하나이면서 동시에 전체인 어떤 무엇이고, 우리는 그것을 인식하는 어떤 순간을 경험하게 되지만 결코 그것을 언어로 재현시킬 수 없음을 주지시킨다. 〈우리가 언뜻 보았던 것이 우리의 시야를 떠나지 않고 있었다…… 스쳐가는 그것들 중 그 어떤 것도 중요하지 않았다. 진정으로 중요한 것은 우리가 한 차례 이상 비아냥거리기도 했던 우리의 계획이 구체적으로, 그리고 비밀스럽게 존재했고, 그것은 바로 세계이자 우리 자신이라는 사실이었다.〉 이전의 작품집들뿐만 아니라 후기작에도 자주 등장하는 이러한 비이성적 세계 인식은 바로 불교의 선(禪)지식이나 해탈과 일맥상통한다고 볼 수 있다. 「더 많은 것들이 있다」는 환상성보다는 괴기성에 보다 경사되어 있는 작품이다. 그럼에도 불구하고 그리스 신화의 미노타우루스를 연상케 하는 현대판 괴물의 존재는 우리가 감지할 수 있는 것 너머에 있는 또 다른 현실의 가능성에 대한 우리의 망설임을 상당한 수준으로 끌어올려 놓는다.

「30교파」는 외형적으로는 에세이적 구조를 통해 한 이교도의 정체를 파헤쳐가는 형식을 취하고 있으나 그 심층구조는 모든 존재와 모든 사건은 우리로서는 인지하기 힘든 거대한 예정된 섭리에 의해 조율되고 있다는 세계관에 모아져 있다. 일견 현대의 카오스 이론을 연상케 하는 이러한 혼돈적 결정론은 30교파들이 예수와, 그가 부활할 수 있도록 배반의 역할로서 참여했던 유다를 동시에 숭배한다는 데에서 절정에 이른다. 아일랜드의 설화를 부분적으로 빌리고 있는 「거울과 가면」은 우열이 구분되는 세 가지의 문학 단계를 상징적으로 소설화하고 있다. 거울은 이미 기존하는 문학의 전통을 이용해 자신의 작품을 만드는 것(인용, 패러디 등)을, 가면은 현실의 반영을 (언어로 현실을 옮겨온다고 해도 그것은 일종의 가면에 불과하므로) 상징한다. 그러나 주인공인 시인이 마지막으로 지어온 시는 단 한 단어로 된 시이다. 그 시는 압축의 가장 마지막 단계까지 온 것으로 그 자체로서 영원이자 우주이다. 그러나 그것을 알았다는 것은 알아서는 안 될 이 세계의 비밀을 알았다는 것이 되기 때문에 왕은 시인에게 자살하라는 뜻으로 단도를 건넨다. 시인은 자결하고, 왕은 왕관을 버리고 방랑의 길을 떠난다. 이어 나오는 「운드르」라는 작품 또한 이와 비슷한 맥락의 주제를 가지고 있다. 여기서는 아일랜드 대신 우른이라는 종족이 나오는데 이들에게서도 시는 단 한 단어로 구성되어 있다. 그리고 그 단어는 우주의 비밀로서 감추어져야 할 것이기 때문에 일단 발설되면 원래의 의미를 잃게 된다. 이미 언급한 바대로 매우 불교적이다. 색슨 족의 설화가 차용되고 있는 「원반」에서는 한쪽 면만 가지고 있는 원반이 등장한다. 이 원반은 원래 옛 색슨 족 왕의 손바닥에 박혀 있었던 것인데 한 나무꾼이 그것을 빼앗으려고 왕을 죽인 순간 사라져버린다. 그리고 그 나무꾼은 지금껏 그것을 찾아 헤매고 있다. 이 작품에서는 「더 많은 것들이 있다」에서처럼 환상성보다는 괴기성이 보다 현저하게 드러나 보이지만 한쪽 면밖에 없는 원반이란 물체는 우리의 상상력을 무한히 넓히도록 하는 살아 있는 상징의 효과를 자아낸다는 점에서 우리로 하여금 이 작품에 주목하게 만든다. 「모래의 책」에 나오는 인도에서 발견된 어떤 책은 첫 장도 끝 장도 없는 무한히 증식하는 책이다. 따라서 한번 펼친 그 페이지는 결코 발견하기가 힘들다. 〈모래의 책〉이라 불리는 이 책은 다름아닌 무한, 영원에 대한 구체적 상징물이다. 이와 비슷한 상징물은 『셰익스피어의 기억』에 실려 있는 「파란 호랑이들」에서도 출현한다. 모래의 책이 무한히 증식하는 반면 「파란 호랑이들」에서 나오는 마법의 파란 돌은 그 수가 줄어들기도 하고 늘어나기도 한다. 그러나 〈모래의 책〉과는 달리 최소숫자와 최대숫자의 제한이 있다. 3과 419. 여기서도 보르헤스는 경이로운 천재성을 보여주는데 그것은 〈파란 돌〉의 개념을 통해 바로 앞에서 잠시 언급했던 현대의 카오스이론을 명백하게 예언하고 있다는 사실이다.

처음에 수학을 신뢰하는 데서 오는 질서에 대한 열망 자체가 나로 하여금 자기 증식하는 어처구니없는 돌들이 야기하는 수학의 붕괴 속에서 하나의 질서를 찾아보도록 만들었다. 그것들의 예상할 수 없는 변형들 속에서 나는 하나의 법칙을 찾고자 했다.

기존의 수학적 공리로는 설명할 수 없는 변형들(무질서) 속에서 하나의 법칙을 찾고자 하는 것, 그것은 다름아닌 카오스이론의 〈결정적인 혼돈 deterministic chaos〉이 아니고 무엇이겠는가. 또 한 가지 홀로 있는 파란 돌은 결코 증식하지 않는다는 사실은 의심할 바 없이 카오스 학자 에드워드 로렌소의 〈나비효과〉를 연상케 한다. 그러므로 현대의 수학자, 물리학자들이 보르헤스에게 열광하는 게 결코 우연이 아닌 것이다. 그렇다면 보르헤스는 후기구조주의, 포스트모더니즘, 하이퍼픽션 등을 위시해 카오스이론까지 20세기 중후반의 거의 모든 사조들을 예언, 또는 예시해 보인 것 아닌가.

앞에서 유사 고고인류학적 환상성, 이중성, 리얼리즘적 경이성과 같은 세 가지 중심적 주제에서 다소 유리된 작품은 「지친 자의 유토피아」와 「셰익스피어의 기억」이라는 것을 밝혔었다. 「지친 자의 유토피아」는 평원을 지나다 수천 년 후의 세계에 들어가게 된 한 사람의 이야기를 다루고 있는 일종의 공상과학 단편이다. 보르헤스는 영미권의 대표적인 공상과학소설들을 번역해 스페인어권에 소개시킨 적이 있을 정도로 이 장르에 대해 지대한 관심을 가지고 있었다. 그럼에도 불구하고 그의 작품 중에서 SF적 상상력이 구체적으로 적용되어 있는 작품은 「지친 자의 유토피아」단 한 편뿐이다. 이 작품에서 우리 시대의 삶에 대한 회의의 상징으로 등장하는 평원의 방랑자가 마주친 미래 세계는 〈사실〉이 없어진 사회이다. 대신 그 사회에서는 의심과 망각의 예술이 지배한다. 사람들은 개별성을 나타내는 이름도 가지고 있지 않으며, 불필요한 책을 무한히 증식시키는 폐해를 막기 위해 인쇄술 또한 사라지고 없다. 재산이 필요없으므로 돈이 없는 이 세계에서는 인류를 계속 유지시킬 필요가 없다는 뜻에서 단 하나의 자식만을 낳는다. 그들은 더 이상 사랑이나 우정이 필요없게 되는 100세가 되면 예술 중의 하나, 철학, 또는 수학을 공부하거나, 혼자 두는 장기놀이를 하면서 원할 때 자살을 한다. 시간의 여행자가 만난 그 미래의 사람은 그렇게 자의에 의해 자살을 함으로써 자신들은 삶의 진정한 주인이 되었다고 주장한다. 따라서, 물론 풍자를 저변에 깔고 있지만 수많은 유태인을 죽음으로 보냈던 히틀러는 그들에게 박애주의자로 비치게 되는 결과를 낳게 된다. 소각장을 통해 다시 현세로 돌아온 주인공의 서재에는 지금도 그 미래의 인물로부터 얻었던 기이한 재료로 그린 그림 한 편이 걸려 있다. 비록 그 안에 새로운 형식의 유토피아에 대한 알레고리를 깔고 있기는 하지만 이 작품은 공상과학적 상상력에 기대어 있기 때문에 확실히 초자연적 현상에 대해 초자연적 해석을 가하고 있는 경이marvel에 가깝다.

아마 이 두 작품집에 실린 작품들 중 가장 다층위의 복합적 의미 체계를 보여주고 있는 작품이 있다면 그것은 「셰익스피어의 기억」일 것이다. 이 작품의 줄거리는 매우 간단하다. 〈나〉로 지칭되는 헤르만 세르겔은 다니엘 토프라는 사람으로부터 셰익스피어의 기억을 넘겨받는다. 일단 그것을 받았다고는 하지만 그것은 저절로 그에게서 재생되는 것이 아니라 받은 사람 스스로 그것을 찾아야 한다. 또한 그것은 단숨에 한꺼번에가 아닌 다니엘 토프가 잊어버리는 만큼 점진적으로 되살아난다. 그것은 먼저 〈나〉가 예상했던 것과는 달리 시각적이 아닌 청각적인 형태로 나타나기 시작한다. 그는 셰익스피어가 즐겨 읽었던 책들을 다시 읽는 것을 통해 점차로 셰익스피어의 기억 쪽으로 가깝게 다가간다. 그리하여 그는 마침내 모든 기억이 아닌 셰익스피어가 가지고 있었던 만큼의 기억을 가지게 되어 셰익스피어가 되는 기쁨을 맛보게 된다. 그러나 시간이 지나면서 기쁨이었던 셰익스피어되기는 곧 억압과 공포로 뒤바뀌게 된다. 왜냐하면 헤르만 세르겔로서의 기억을 잊어버리게 되곤 하기 때문이다. 그처럼 서로 소통관계가 희박한 두 가지 기억이 한데 뒤섞이는 것은 그를 당연히 고통과 탈진 속으로 이끌어간다. 급기야 그는 셰익스피어의 기억을 버리기로 결심하고 전화를 걸어 한 남자에게 그것을 건넨다. 그러나 마치 처음에 그 기억이 점진적으로 재생되었던 것처럼 망각하는 것 또한 같은 경로를 밟게 되고 그는 여전히 아직도 남아 있는 셰익스피어의 기억과 함께 살아가게 된다.

비록 이처럼 줄거리는 간략하지만 이 작품 안에는 마치 무수히 균열된 지층처럼 수없이 분열되고 분산된 의미의 단층들이 미로처럼 교차되어 있다. 일차적으로 셰익스피어의 기억을 넘겨받는다는 것은 셰익스피어에 대한 연구, 전기적 연구를 의미한다고 볼 수 있다. 그러나 이러한 의미층은 곧 기억이 되살아나는 과정에서 셰익스피어가 경험했던 모든 것이 떠오르는 게 아니라 실제 셰익스피어가 기억했던 것만큼 떠오르게 된다는 것을 보여줌으로써 인간의 기억 자체에 대한 문제로 옮겨간다. 그는 셰익스피어가 기억하는 만큼의 기억을 기억하는 것과 같은 이치로 어둠 속에 묻혀 있는 셰익스피어의 무의식 또한 떠올리게 된다. 그러나 그것은 무의식이기 때문에 단지 무의식이라는 것만 떠오를 뿐 그 내용은 알 수가 없다. 이것은 인간이 가진 무의식 세계에 대한 하나의 절묘한 문학적 통찰이라 아니할 수가 없다. 또한 그는 처음 셰익스피어의 기억을 넘겨받았을 때 그것이 전기려니 추측했는데 그것이 아님을 깨닫게 된다. 이것은 다름아닌 바로 전기, 그리고 그 연장선상에 있는 리얼리즘에 대한 격렬한 공격이자 부정이다. 더불어 셰익스피어의 기억이 회생되는 과정은 일종의 기억상실증으로서의 삶이라는 일종의 알레고리 또한 강력하게 암시하게 된다. 그럼에도 불구하고 이것들은 이 단편이 가지고 있는 다의미체계 중 단지 무작위적으로 추출해 낸 몇 개의 편린들에 불과하다. 이 작품은 마지막에 가서 강력하게 윤회와 영원회귀의 의미소들을 산출해 낸다. 이 단편은 중심이 없으므로, 다른 말로 바꿔 보면 세계는 무한하고 영원하므로 의미는 무한하고 영원히 분산되어 있다는 후기 보르헤스적 명제를 구조적인 관점에서 가장 극적으로 형상화시키고 있는 작품이라 해야 할 것이다.

 보르헤스는 이미 가고 없다. 「1983년 8월 25일」라는 작품에서 70대의 보르헤스는 80대의 보르헤스가 자신의 눈앞에서 죽은 후 이렇게 말한다.

 그가 말을 멈추었고, 나는 그가 죽었다는 것을 깨달았다. 어떻게 보면 나 또한 그와 함께 죽은 것이었다. 나는 맥이 풀린 채로 베개 위로 몸을 구부렸으나 거기에는 아무도 없었다.

　나는 방에서 도망쳐 나왔다. 밖에는 마당도, 층계도, 대리석도, 정적에 묻힌 저택도, 유카리나무들도, 석상들도, 정자도, 분수들도, 아드로게 마을에 있는 별장 울타리의 문도 없었다.

　밖에서는 또 다른 꿈들이 나를 기다리고 있었다.

　이미 그는 죽었으나 그 스스로가 인생의 후반기에 그토록 확신했던 비연속적 시간 속에서 이미 존재했고, 지금도 존재하고 있고, 그리고 앞으로도 존재하게 될 그 또 다른 꿈(삶)들을 기다리고 있는 걸까.

1997년 11월
황병하

작가 연보

1899년   아르헨티나 부에노스 아이레스에서 8월 24일 태어남. 영국계 할머니의 영향으로 스페인어보다 영어를 먼저 배우며 자람.

1908년   《나라》지에 오스카 와일드의 단편 「행복한 왕자」를 스페인어로 번역하여 실음.

1914년   가족이 유럽으로 이주, 스위스의 제네바에 정착하여 리세 장 칼뱅 학교에 등록하여 프랑스어와 라틴어를 배움.

1919년   스페인으로 이주, 다음해 마드리드에서 기예르모 데 또레스와 함께 스페인어판 아방가르드인 〈최후주의〉운동을 주도함.

1921년   부에노스 아이레스로 돌아옴. 잡지 《프리즘》 창간.

1923년   첫 시집 『아르헨티나의 열기』 발간.

1924년   시집 『앞의 달』, 에세이집 『심문들』 발표.

1931년   빅토리아 오깜뽀가 창간한 잡지 《수르》에 참여.

1935년   첫 소설집 『불한당들의 세계사』 발간.

1941년   『픽션들』의 1부 「끝없이 두 갈래로 갈라지는 길들이 있는 정원」 발간.

1944년   『픽션들』 발간.

1946년   정권을 잡은 페론에 대한 공개적인 비판으로 시립도서관의 일자리를 잃게 됨.

1949년   어머니와 여동생 노라가 정치적 이유로 구속됨.

1949년   소설집 『알렙』 발간.

1950년   아르헨티나 작가 연맹 회장으로 선출됨.

1952년   대표적인 에세이집 『또 다른 심문』 발간.

1955년   페론의 실각으로 국립도서관장직에 임명됨.
1961년   사무엘 베케트와 함께 〈포멘터상〉 수상.
1967년   아스떼떼 미얀과 결혼.
1970년   소설집 『브로디의 보고서』 발간. 아스떼떼 미얀과 이혼.
1973년   새로 들어선 페론 정부가 그를 도서관장직에서 해임.
1975년   소설집 『모래의 책』 발간. 이후, 하버드 대학과 소르본 대학을 포함한 세계의 많은 대학들에서 명예박사학위를 받았고, 세르반테스상을 비롯하여 많은 국제적 명성의 상을 수상.
1986년   4월 26일 일본계 아르헨티나인 여비서 마리아 고따마와 결혼. 스위스의 제네바로 이주한 뒤 6월 14일 간암으로 사망.

작품 연보

시집

부에노스 아이레스의 열기 *Fervor de Buenos Aires* : 1923
앞의 달 *Luna de enfrente* : 1925
산 마르띤 노트 *Cuaderno San Martín* : 1929
시전집 *Poemas(1923-1943)* : 1943
시전집 *Poemas(1923-1958)* : 1958
시전집 *Obras poéticas(1923-1964)* : 1964
여섯 개의 현(밀롱가 곡)을 위하여 *Para las seis cuerdas(milongas)* : 1965
타자, 그 자신 *El otro, el mismo(1930-1967)* : 1969
심원한 장미 *La rosa profunda* : 1975
동전 *La moneda de hierro* : 1976
시전집 *Obra poetica(1923-1976)* : 1978
암호 *La cifra* : 1981
음모자들 *Los conjurados* : 1985

시와 산문집

창조자 *El hacedor* : 1960
그림자의 엘러지 *Elogio de la sombra* : 1969
호랑이들의 황금 *El oro de los tigres* : 1972

소설

불한당들의 세계사 La historia universal de la infamia : 1935
끝없이 두 갈래로 갈라지는 길들이 있는 정원 El jardín de senderos
　　que se bifurcan : 1941
픽션들 Ficciones : 1944
알렙 El Aleph : 1949
브로디의 보고서 El informe de Brodie : 1970
모래의 책 El libro de arena : 1975
셰익스피어에 대한 기억 La memoria de Shakespeare : 1983

에세이

심문 Inquisiciones : 1925
내 기다림의 크기 El tamaño de mi esperanza : 1926
아르헨티나인들의 언어 El idioma de los argentinos : 1928
에바리스또 까리에고 Evaristo Carriego : 1930
토론 Discusión : 1932
영원의 역사 Historia de la eternidad : 1936
시간에 대한 새로운 반박 Nueva refutación del tiempo : 1947
가우초 문학에 관한 관점들 Aspectos de la literatura gauchesca : 1950
또 다른 심문 Otras Inquisiciones(1937-1952) : 1952
마세도니오 페르난데스 Macedonio Fernández : 1961
서문들 Prólogos : 1975
보르헤스 강연집 Borges oral : 1979
일곱 개의 밤들 Siete noches : 1980
단테적인 아홉 개의 에세이들 Nueve ensayos dantescos : 1982
포로가 된 텍스트들 Textos cautivos : 1986

황병하

텍사스 휴스턴 대학 졸업
동 대학원 석사
U.C.L.A. 박사(라틴아메리카 현대소설 및 현대소설론)
광주여대 창작문학과 교수로 재직하다 1998년 타계
저서 평론집 『반리얼리즘 문학론』, 『메타비평을 위하여』, 장편소설 『흑맥주』
역서 보르헤스 전집(전5권) 『불한당들의 세계사』, 『픽션들』, 『알렙』,
『칼잡이들의 이야기』, 『셰익스피어의 기억』 등

셰익스피어의 기억

1판 1쇄 펴냄 1997년 11월 20일
1판 19쇄 펴냄 2025년 2월 10일

지은이 호르헤 루이스 보르헤스
옮긴이 황병하
발행인 박근섭, 박상준
펴낸곳 (주)민음사

출판등록 1966. 5. 19. 제 16-490호
서울특별시 강남구 도산대로1길 62(신사동)
강남출판문화센터 5층 (우편번호 06027)
대표전화 02-515-2000 팩시밀리 02-515-2007
www.minumsa.com

한국어 판 ⓒ (주)민음사, 1997. Printed in Seoul, Korea
ISBN 978-89-374-0179-4 04890
ISBN 978-89-374-0174-9 (전5권)

* 잘못 만들어진 책은 구입처에서 교환해 드립니다.